SUTOPPU!

**Koko wa kono manga no owari dayo.
Hantaigawa kara yomihajimete ne!
Dewa omatase shimashita!
Tanoshii hitotoki wo dozo!**

EMA-Manga Chii

STOPP!

**Das ist der Schluss des Mangas.
Fangt bitte am anderen Ende an!
Und nun genug der Vorrede,
viel Spaß beim Lesen!**

Euer EMA-Manga-Team

DIE GEWINNER DES BUNDESVISION SONG CONTEST 2008!
SVBWAY TO SALLY
DAS STORYBOOK ZUR KULT-BAND!
SVBWAY TO SALLY BASTARD
Inklusive der Manga-Adaption des Sieger-songs „Auf Kiel" vom neuen Album *Bastard*!
SVBWAY TO SALLY STORYBOOK
SUBWAY TO SALLY STORYBOOK
Bodenski/Olivia Vieweg/Laura Müller/Annelie Kretzschmar u.v.m.
224 Seiten · Softcover · €10,- (D)
ISBN 978-3-7704-6938-3
Die Songtexte wurden von **19 deutschen Zeichnern** im **Manga-Style** umgesetzt.
Mit exklusivem Kommentar von Band-Texter **Bodenski**.
www.manganet.de
EGMONT Verlagsgesellschaften

© 2004 Hideo Yamamoto. All rights reserved.
Homunculus
Eine Schädel-OP und ihre Folgen...
Manabu Ito will in die unerforschten Gebiete des menschlichen Gehirns vordringen. Und Susumu Nakoshi braucht Geld. Das bekommt er, wenn ihm Manabu Ito ein Loch in den Schädel bohrt. Gesund ist das nicht – nach dem Eingriff sieht Susumu normale Menschen in bizarren Formen. Er ist nun ein Homunculus.
Hideo Yamamoto als Verhaltensforscher – Tiefenpsychologie bis in die dunkelsten Ecken der Figuren
Homunculus
Band 1
ISBN 978-3-7704-6551-4
www.manganet.de
EGMONT
Verlagsgesellschaften

Get Backers
We steal it back!

"Rhesus positiv Rh+" von Ayako Suwa
Aus dem Japanischen von Burkhard Höfler
Originaltitel: "RH Plus" Vol. 01

verlegt durch EGMONT Verlagsgesellschaften mbH,
Gertrudenstraße 30-36, 50667 Köln

1. Auflage
Redaktionsleitung und verantwortlich für diese Ausgabe: Alexandra Germann
Redaktion: Tamara Kastl
Textbearbeitung: Christian Schmidt / Etsche Hoffmann-Mahler
Lettering: Asiatype
Gestaltung: Wolfgang Schütte
Koordination: Nadin Kreisel
Buchherstellung: Simone Nauerth
Druck und Verarbeitung: CPI – Clausen & Bosse, Leck
ISBN 978-3-7704-7080-8

ZUM SCHLUSS MÖCHTE ICH MEINEN FREUNDINNEN, DIE MIT MIR ZUSAMMENGEARBEITET HABEN, EIN HERZLICHES DANKESCHÖN SAGEN!!
WO SIE DOCH ALLE SELBST SO BESCHÄFTIGT SIND!
A-SAN, H-ME-SAN, S-KI-SAN, S-YA-SAN...
... UND C-SAN (HA, HA.)... VIELEN DANK!
BAMM
HIER! WAS ZU ESSEN!
MIR WURDE SOGAR ESSEN GEBRACHT!
SCHWÄCHEL
AH, WIE MICH DAS FREUT...
HABE SEIT HEUTE MORGEN NICHTS GEGESSEN!
UND AUCH MEINER REDAKTEURIN, DIE BIS ZULETZT IHRE LIEBE NOT MIT MIR HATTE...
UND AUCH MEINEN BEIDEN LETZTEN REDAKTEURINNEN!
ECHT...
VIELEN, VIELEN DANK!
SEHR VERBUNDEN!
UND DER DESIGNERIN AUCH!
ALLES IN ORDNUNG?
LEIDER NICHT WIRKLICH...
DER ABGABETERMIN IST HEUTE, ODER?
ICH HASSE ES... ALLE HABEN FREI (GOLDEN WEEK)!
JA, GANZ RICHTIG.
ICH KRIEG'S IRGENDWIE HIN!
GÜÄÄÄH!
ICH FREUE MICH AUF EIN WIEDERSEHEN!
UND SCHAUT AUCH MAL IN DIE ZEITSCHRIFT HINEIN!
AYAKO SUWA

DU MAGST DOCH DIENSTAGS-KRIMIS?
UND ZWEISTUNDEN-THRILLER ÜBERHAUPT?
WENN'S DIR SELBST SPASS MACHT, UMSO BESSER!
STIMMT ...
DOCH SO EINFACH WAR DAS GAR NICHT.
MITTEN IM STRESS SAHEN WIR UNS THRILLERWIEDERHOLUNGEN AN.
AH...
DEN HABE ICH SCHON MAL GESEHEN!
ER REDET VON EINER „GELIEBTEN", ABER ES IST EIN TRANSVESTIT! UND ER ENTDECKT SEINE HOMONEIGUNG.
HEY, HEY! (LACHT)
UND WER IST DER TÄTER?
A-SAN.
ÄH...
...
WER WAR DAS NOCH...?
...
EINE ANDERE WIEDERHOLUNG...
DEN HABE ICH AUCH SCHON MAL GESEHEN!
DER MANN TREIBT SCHABERNACK MIT DEM SOHN EINES BEDIENSTETEN...
UND ...
... WER IST DER TÄTER?
WARUM ERINNERST DU DICH NUR AN SOLCHE HOMO-EROTISCHEN INHALTE?
ÄHM... ICH GLAUBE...
...
FINDEST DU ES DA NICHT ETWAS GEWAGT, EINE STORY ZU SCHREIBEN, IN DER FÄLLE GELÖST WERDEN?
TROTZDEM...
... WILL ICH DIE GESCHICHTE, DIE ICH JETZT FÜR DIESE ZEITSCHRIFT SCHREIBE...
... SICH IN EINE ETWAS ERNSTERE RICHTUNG ENTWICKELN LASSEN.
ICH DENKE, ES WIRD AUCH MEHR VAMPIRAKTIONEN ALS BISHER GEBEN!

UND HIER KOMMT DAS NACHWORT ...
VIELEN DANK FÜR EUER INTERESSE AN DIESEM MANGA.
AUCH ICH WAR GANZ ÜBERRASCHT, DASS „RHESUS POSITIV RH+“ NUN AUCH ALS TASCHENBUCH ERSCHEINEN DARF.
DAS BLEIBT ABER UNTER UNS...
ALS ICH VON DEM PROJEKT ERFUHR, DACHTE ICH NOCH FÄLSCHLICHERWEISE, DASS ES UM EINE GESCHICHTE FÜR DIE NEUE ZEITSCHRIFT „B'S LOG“ GINGE...
ACH, DAS STIMMT GAR NICHT?
KEINE EROTIK!
UND LIEBE?!
HM... NA JA...
BIN ICH SCHWIERIG?
FREUNDIN C-SAN
HM... DER ABGABETERMIN FÜR DEN PLOT RÜCKT IMMER NÄHER.
DER BESCHÄFTIGT MICH GERADE.
IST ES DA OKAY ZU TRINKEN?
KLAR! ICH MUSS MEINEN KOPF WEICH KRIEGEN.
WEISST DU, ICH WILL EINEN MANGA ZEICHNEN, IN DEM NUR MÄNNER VORKOMMEN... IN EINEM WOHNHEIM ODER EINER PENSION ODER SO...
WIE WÄR'S DANN MIT EINER VAMPIRSTORY?
VAMPIRE...?
吸血鬼...?
DASS JENER HEFTIGE ABEND...
... IN DIESEM BAND KULMINIEREN WÜRDE... HÄTTE ICH MIR DAS VORSTELLEN KÖNNEN?
ALLE WOHNEN ZUSAMMEN...
EINER MIT BRILLE MUSS...
... VORKOMMEN!
UND DER MUSS FÄLLE LÖSEN!
NEIN.
WAS?
FÄLLE?

Rhesus positiv Rh+ 1 - Ende

ICH HABE EINEN FREUND GEFRAGT, WAS ICH MACHEN SOLL, UM MEHR WIE EIN TYPISCHER VATER AUSZUSEHEN...
... UND ER SAGTE, EINE BRILLE WÜRDE MICH SOLIDE WIRKEN LASSEN.
EIN ANRUF (NUR VON KIYOI) GENÜGT, UND ER IST ZUR STELLE.
SCHON!...
LASS DAS GEREDE UND SETZ DICH!
... WIEDER SO EIN PROBLEM...
NA? STEHT SIE MIR?
„SOLIDE"...?
JA!
BRILLE STEHT DIR...
... ABER AUCH OHNE BIST DU COOL!
ICH HABE DIESEN JUNGEN AUF DIESE SEITE GEZOGEN...
DOCH ICH KANN MIR GUT VORSTELLEN, DASS DU SPÄTER MAL NOCH COOLER SEIN WIRST, AGEHA!
ECHT?
JA, ECHT!
... UND NUN LIEGT EIN NAHEZU EWIG WÄHRENDER WEG VOR UNS.

SO EIN LIEBES KIND, NICHT?
...
EH, HE, HE...
SAG MAL...
WARUM TRÄGST DU DIE BRILLE DA?

ER KOCHT JEDEN TAG UND ISST MIT MIR ZUSAMMEN.
WAS FÜR EINE ARBEIT ER MACHT, WEISS ICH NOCH NICHT, ABER...
... SPÄTER WILL ICH IHM DABEI HELFEN.
UND ICH WILL EIN NETTER UND COOLER MENSCH WIE KIYOI WER-DEN.
ICH MÖCHTE, DASS ER...
... IMMER MIT MIR ZUSAMMEN IST.
KLAPPER KLAPPER
HA ...
FOTOAPPARATE MACHEN MICH NERVÖS...
SCHÜCHTERN
SPÄH
!
MÜTTER-SCHWARM?!

?
UMPF!
KIYOI IST...
... NICHT MEIN RICHTIGER VATER...
... ABER ...
... NUN MAG ICH IHN...
... AM LIEBS-TEN AUF DER WELT.

VOLL WIE EIN RICHTIGER VATER!
SCHW
VIEL GLÜCK!
SCHWITZ
KNALLROT
MEIN VATER IST UNHEIM-LICH NETT...
... UND COOL.
ER KOCHT ...
... AUCH FÜR MICH ...
...
„ME... MEIN VATER"...
?
WAS IST DENN, AGEHA-KUN?
WIE GEHT'S WEITER?

AH ...
GENAU!
DIE AUFSÄTZE!
BEGINNEN WIR MIT...
... AGEHA SETO-KUN!
SCHOCK
KLAPP
UWAH!
ICH HÄTTE MIR MEHR MÜHE BEIM SCHREIBEN GEBEN SOL-LEN!
SPÄH
UH...
!!

... AUF KIYOI STOLZ SEIN KÖNNEN!
!
OB ER MICH AUCH BEMERKT?
WIESO?
WI...
WI... WIE...
WIESO IST ER HIER?!
DODOM
ER WOLLTE DOCH ZUM FRIED-HOF?!
DODOM
DODOM
WIESO TRÄGT ER EINE BRILLE?
DODOM
ICH HABE DOCH GAR NICHTS VON DEM UN-TERRICHTS-BESUCH GESAGT!?
UND DOCH IST ER GE-KOMMEN...

ER KOMMT HEUTE NICHT...
ABER ES STIMMT!
WEIL... KIYOI IST...
KIYOI IST...
OKAY!
NUN SEID MAL STILL!
CLAP
CLAP
JETZT DÜRFT IHR EURE AUFSÄTZE, DIE IHR ZU HAUSE SCHREIBEN SOLLTET, VORLESEN!
...
ES NERVT, IMMER SO WAS GESAGT ZU KRIE-GEN...
ICH WILL AUCH STOLZ SEIN!
RAUN
RAUN
ICH WILL VOR ALLEN HIER...
... VOR DER GANZEN KLASSE...
RAUN
HM?

RAUN
RAUN
SAG MAL...
WER KOMMT DENN VON DEINER FAMILIE, AGEHA?
!
UMPF!
MEIN PAPA KOMMT!
MEIN PAPA IST COOL!
IN DER FIRMA IST ER TOTAL BELIEBT!
...
MEIN KIYOI...
... MEIN PAPA IST VIEL COOLER.
ECHT? WANN KOMMT ER DENN?
DAS MUSS ICH SEHEN, SONST GLAUBE ICH'S NICHT!

ACH, NICHTS!
AGEHA ...
... WOLLTE ES MIR SAGEN!
...
SORRY!

ÄHM... SA
GEHST DU AM NÄCHSTEN SAMSTAG IRGENDWOHIN?
EGAL...
WENN DU EH KEINE ZEIT HAST...
„IRGENDWOHIN" ...
JA, DA IST DOUZANS TODESTAG. DA GEHE ICH ZUM FRIEDHOF.
...
GEHST DU MIT, AGEHA?
AUF DEM RÜCKWEG KÖNNTEN WIR KUCHEN ESSEN GEHEN!
NEIN, NEIN!
DAS WAR ES WOHL, WAS ER VOR MIR VERSTECKT HAT...
KIYOI!

ICH WILL NICHT MEHR ALLEIN SEIN!
ICH WILL AUCH NIEMALS SELBSTSÜCH-TIG SEIN!
ALSO DARF ICH...
... FÜR IMMER HIERBLEIBEN, JA?
DUH!
WAHR-SCHEINLICH EIN SCHWIE-RIGES ALTER...
ERZIE-HUNG IST NICHT EIN-FACH...
KNITTER
SEHR GEEHRTE DAMEN UND HERREN ERZIEHUNGSBE-RECHTIGTE,
INFORMATIONEN ZUM UNTER-RICHTSBESUCH UND DER AN-SCHLIESSENDEN GESPRÄCHSRUNDE
UNTER-RICHTSBE-SUCH?

HM...
KLADD
... OB DAS WOHL WIRKLICH SO IST?
MEINE EIGENE KINDHEIT IST VIEL ZU LANGE HER. DARAN ERINNERE ICH MICH NICHT.
ER HAT „FAMILIE" GESAGT...
TAD
TAD
TAD
... DAS...
... FREUT MICH TOTAL!
TAD
ER IST JA SCHLIESSLICH DER ERSTE ERWACHSENE...
... DER NETT ZU MIR IST.
ICH MAG IHN TO-TAL!
ICH WILL WERDEN WIE ER!

MENSCH!
SO, WIE ER DIE STIRN RUNZELT...
... BEKOMME ICH EIN SCHLECHTES GEWISSEN.
TUT... TUT MIR LEID, KIYOI!
I-ICH GEHE INS BAD.
!
KANNST DU DAS?
ALLEIN?
?!
NATÜRLICH! ICH BIN IN DER DRITTEN KLASSE!
ICH KANN ALLES AL-LEIN!

... SEIT ICH DACHTE, DASS ICH DICH BESCHÜTZEN MUSS, HABE ICH DICH IMMER...
... ALS TEIL MEINER FAMILIE ANGESEHEN.
ABER DA ICH NUR EIN ERSATZVATER FÜR DICH SEIN KANN...
... KANN ICH NUR ZUR HÄLFTE ERKENNEN, WAS IN DIR VORGEHT.
DESWEGEN WÜRDE ICH MICH SEHR FREUEN, WENN DU ORDENTLICH MIT MIR SPRECHEN WÜRDEST.
AGEHAS VISION
GEHT DAS?
UH...

GA... GAR NICHTS!
ICH HABE NICHTS VER-STECKT!
...
WEISST DU...
... AGE-HA...
FHUUU
ICH WOH-NE NOCH NICHT LANGE MIT DIR ZUSAM-MEN...
... ABER SEIT DU MEIN BLUT BE-KAMST...
... NEIN, SEIT NOCH LÄNGERER ZEIT...

VIELLEICHT SOLLTE ICH MIT DER ABGABE BIS ZUR LETZTEN MINUTE WARTEN...
... ODER MICH DUMM STELLEN
TOK TOK TOK TOK
!!
GYAH!
AGEHA! ICH KOMME REIN, JA?
KLACK
!
SCHWUPP
...
HAST DU NICHT EBEN... IRGENDWAS HINTER DIR VERSTECKT?
ARGH ...

HIER! SIEHST DU DAS? DA GEHÖRT NOCH EIN NAMENSSTEMPEL DRAUF!
TIPP
ICH NEHME NICHT TEIL
TIPP
EEEH?!
SCHWITZ
LASS ES VON JEMANDEM BEI DIR ZU HAUSE ABSTEMPELN...
... UND BRING ES MIR DANACH NOCH MAL, JA? ♡
HE, HE!
...
DIE...
...LEHRERIN WILL MICH ÄRGERN!
NOCH MAL VON VORNE.
HA...

GUT SO...
SAMMELT NUN DIE BLÄTTER EIN!
KIYOI WÜRDE HIER AUCH ZU SEHR AUFFALLEN.
DODON DODON
ES WÄRE SCHRECKLICH, WENN ER ZUM SCHWARM DER MÜTTER WÜRDE!
DAMIT WÄRE DAS PROBLEM „UNTERRICHTSBESUCH" ERLEDIGT!
ICH WILL DICH FÜR MICH ALLEIN, KIYOI!
DUH!
AGEHA-KUN...
SO GEHT DAS NICHT!
LEHRER-ZIMMER

UND AM TAG DES UNTERRICHTSBESUCHS MUSS ICH DAS VOR ALLEN LEUTEN VORLESEN!
DAS IST ZU PEINLICH!
UWAAAH!!
VOR KIYOI KANN ICH DAS NIEMALS VORLESEN!
KNABBER
GUT WÄRE NATÜRLICH...
...
... WENN KIYOI AN DEM TAG WAS ZU ERLEDIGEN HÄTTE UND NICHT KOMMEN KÖNNTE.
...
SEHR GEEHRTE DAMEN UND HERREN ERZIEHUNGSBERECHTIGTE, INFORMATIONEN ZUM UNTERRICHTSBESUCH UND DER ANSCHLIESSENDEN GESPRÄCHSRUNDE
KRATZ
ICH NEHME NICHT TEIL.
ICH NEHME TEIL.
NAME DES ERZIEHUNGSBERECHTIGTEN

MEIN VATER IST UNHEIMLICH NETT.
ER KOCHT JEDEN TAG UND ISST MIT MIR ZUSAMMEN.
WEIL ES SEHR LECKER IST, KRIEGE ICH IMMER NACHSCHLAG.
UND...
WAS SOLL ICH NOCH SCHREIBEN?
AUS-SER-DEM...
ER HAT MICH JA ERMAHNT, NICHT SO VIEL VON ZU HAUSE ZU ERZÄHLEN.
... HABE ICH...
... JA NOCH NIE „VATER" ZU IHM GESAGT.
ERRÖT

HA?!
AGEHA SCHEINT IN LETZTER ZEIT ETWAS VOR MIR ZU VERBERGEN...
OB ES DAS TROTZALTER IST?
ERNSTHAFT!
...!
„KUMMER" ...
TAUMEL
UND DAFÜR...
... LASSEN SIE MICH EXTRA HERKOMMEN?!
ICH VERSTEHE DOCH NICHTS VON KINDERERZIEHUNG!
RHESUS POSITIV
DAS PAPA-DEBÜT AM SAMSTAG
MEIN VATER, AGEHA SETO, KLASSE 3 - 1

KIYOI-SAN...
WAS IST DENN LOS?
IHR ANRUF PLÖTZLICH UND IHRE ERNSTE STIMME...
FHUUU
ES STIMMT, WAS MAN SAGT: SCHWEREN KUMMER KANN MAN IN ALKOHOL NICHT ERTRÄNKEN.
?!
WAS SOLL DAS DENN AUF EINMAL?!
SIE HABEN KUMMER?
UND ICH DACHTE IMMER, IHR HERZ WÄRE AUS STEIN.
UNVERSCHÄMTHEIT!?
DER JUNGE...

Rh+
RHESUS POSITIV

RHESUS POSITIV

NEIN.
BIN ICH NICHT.
DENN...
... ES GIBT DIESEN ORT...
... DEN AGEHA UND DIE ANDEREN BEREITET HABEN.

KANN MEIN JETZIGES GLÜCK NICHT...
... DIE VERGANGENHEIT AUSGLEICHEN?
KLICK
KLACK
WENN DIR...
... NACH WEINEN ZUMUTE IST, LASS DEINEN TRÄNEN FREIEN LAUF!
NEE...
ICH UNTERDRÜCKE DAS LIEBER.
IST AUSSERDEM UNCOOL.
WILL EUCH JA KEINE ANGST MACHEN!
AUF MICH BRAUCHST DU KEINE RÜCKSICHT ZU NEHMEN.
ICH...
BANG
KLICK
... FRAGE MICH NUR...
... OB DU NICHT AUCH HIER UNTER UNS...
KSH
... TRAURIG BIST...

WIESO MUSSTE ICH ZU DIESEM „VERLIERER-TREFFEN"?!
DOLTER
WER WILL DENN IN SO EINER TRAURIGEN STIMMUNG TRINKEN?!
DAS IST IDIOTISCH!!
SEIT WANN BIN ICH EIN VERLIERER?!
DOLTER
MA... MASAKAZU-SAN...
NÄCHSTES MAL MUSST DU DEN BODEN ERNEUERN.
HM...?
WAS DENN, MAKO-CHAN...? HAST DU GEWEINT?
MAN SIEHT JA NOCH EINE TRÄNENSPUR!
HIER, SCHENKE ICH DIR! ALSO LACH WIEDER!
HABE ICH AUS VERSEHEN BEIM BINGO GEWONNEN.
ECHT...
... KOMISCH!
BRAUCHE ICH NICHT ...
BIST DU NICHT EIGENTLICH GANZ ZUFRIEDEN, OBWOHL DU DICH
HIER GIBT ES...
... WAHRLICH KEINEN GRUND ZUM WEINEN.

NICHTS.
ICH DACHTE, DU KOMMST HEUTE SPÄT NACH HAU-SE...
JA...
DAS DACH-TE ICH AUCH.
DOCH ICH HABE IHN FIX UNTER DEN TISCH GETRUNKEN UND DEN REST DER SEKRETÄRIN ÜBERLAS-SEN...
ENORM TRINKFEST
ABER ALLES IM GRÜNEN BEREICH: ICH HABE DEN BONUS MITGE-BRACHT!
SEIN GE-JAMMER ANZUHÖREN, BETRACHTE ICH NÄMLICH NICHT ALS TEIL MEINER ARBEIT.
ALSO ECHT!
SO EIN STATTLICHER MANN, UND DANN VERHÄLT ER SICH WIE EIN KLEINKIND, DAS IST DOCH PEINLICH.
GENAU!
...
KICHER
ICH BIN WIEDER DA!
DOLTER
KLADD
BAMM

DAS IST DAS HAUS, ZU DEM ICH IMMER ZURÜCKKANN...
NANU? DA IST SCHON JEMAND...
WIR SIND WIEDER DA!
DA SEID IHR JA ENDLICH!
GANZ SCHÖN SPÄT SEID IHR!
...
IHR HABT SICHER SCHON IRGENDWO DRAUSSEN ZU ABEND GEGESSEN!?
KICHER
DANN IST JA GUT.
DAS HIER MUSS NUR NOCH EIN BISSCHEN KOCHEN, DANN GIBT'S ESSEN!
WUPP
WUPP
KNURR
WUPP
KNURR
ES GIBT AUCH HÜHNCHEN!
KRAUTWICKEL UND GEKOCHTE TOMATEN!
WAS IST DENN?

JETZT HAST DU DOCH EINEN PLATZ, ZU DEM DU GEHÖRST, AN DEN DU JEDERZEIT ZURÜCKGEHEN KANNST!
JA...
AM ENDE DES LANGEN UND DUNKLEN WEGS, AUF DEM AGEHA ZUM ERSTEN MAL MEINE HAND NAHM...
... AUF DEM GIPFEL DES HÜGELS, DA STEHT EIN EINSAMES HAUS...
... EIN ALTES GEBÄUDE IM WESTLICHEN STIL, DAS DEZENT BELEUCHTET IST.

ICH SAG'S IHNEN...
WENN WIR NICHT GEWESEN WÄREN, HÄTTE ER DEFINITIV ENTFÜHRT UND UMGEBRACHT WERDEN KÖNNEN!
SIE KÖNNTEN RUHIG DANKBAR SEIN, STATT SICH ZU BESCHWEREN!
HABEN SIE DAS KAPIERT?
AGEHA...
GNNN
GEHEN WIR NACH HAUSE...
... MAKOTO!

TAP
HEY!

SIE HABEN JA JEDE MENGE TRAGE-TASCHEN DABEI.
ER HAT NACH SEINER MUTTER GERUFEN...
SCHÄMEN SIE SICH NICHT, DAS KIND STEHEN ZU LASSEN UND MUNTER WEITER EINKAUFEN ZU GEHEN?!
DER KLEINE WAR TOTAL HILFLOS!
BWÄH!
ER FRIERT ...
... UND HAT HUNGER!
... UND IST DEN GANZEN WEG VOM BAHNHOF BIS HIERHER ZU FUSS GEGANGEN!!

MAKOTO...

MAMA...!
ZUCK
BATSCH
...
MAMA...!
PACK
!

ER IST NÄMLICH GANZ ANDERS ALS WIR!
KU-CHAN!
AH...

DAS KÖNNEN WIR NICHT MACHEN!
UND DAS...
... WEISST DU GANZ GENAU!
GNN
NICHTS AN IHM WEIST DARAUF HIN, DASS DU RECHT HAST!
ER HAT BESTIMMT NUR SEINE ELTERN VERLOREN, DIE IHN JETZT SUCHEN.
...
UÄH ...
ODER?

OB ER...
... WOHL AUCH JEDEN TAG GENUG ZU ESSEN BEKOMMT?
AH, GENAU!
FANGZÄHNE!
HAT ER NICHT VIELLEICHT FANGZÄHNE?
...
HÖR MAL...
AGEHA!
AGEHA!
ER IST WIRKLICH NOCH KLEIN.
... ABER IST ER NICHT VIELLEICHT EINER VON UNS?
WENN ER AUSGESETZT WURDE, TUT ER MIR ECHT LEID!
WIR SOLLTEN IHN MIT NACH HAUSE NEHMEN!
MEINST DU NICHT?

ZUPF
...
MAKOTO ...?
SAG MAL...
HAT DER KLEI-
NE NICHT
IRGENDWO
BRANDWUN-
DEN ODER
STRIEMEN?

ABER SCHADE FINDE ICH ES SCHON.
UND ICH WILL IHN JA AUCH NICHT ZWINGEN, IRGEND-WAS ZU ENTHÜL-LEN.
ICH WILL AUCH NICHT, DASS...
SCHMERZ
... ANDERE ERFAHREN, DASS MEINE MUTTER MICH WEGGEGEBEN HAT...
... AUCH WENN SIE ES VON MIR SELBST HÖREN.
SCHMERZ
SCHMERZ
GNU
WAS IST...?

ICH HATTE JA KEINEN VATER.
AH JA...
„SAG MAL, AGEHA..."
...„WER SIND DEINE WIRKLICHEN ELTERN?"
... WÜRDE ICH IHN GERNE FRAGEN...
WAS IST?
BIST DU MÜDE?
NICK
... DOCH AUS IRGENDEINEM GRUND KANN ICH ES NICHT.
ICH HABE DAS GEFÜHL, KIYOI UND AGEHA WOLLEN NICHT DARAUF ANGESPROCHEN WERDEN.
ICH KANN MIR VORSTELLEN, DASS DA ALTE WUNDEN AUFGE-RISSEN WERDEN KÖNNTEN...

ALLES OKAY!
ICH HABE MICH NUR GERADE GEFRAGT, WAS DIE WOHL ALLE IN IHREN GROSSEN TÜTEN HABEN... WAHRSCHEINLICH GESCHENKE UND KUCHEN. KEINE ANGST, ICH BIN NICHT TRAURIG!
JA...?
ICH HABE FRÜHER...
... AUCH MAL BAUKLÖTZE ZU WEIHNACHTEN GEKRIEGT.
DAMIT HABE ICH GEHEIME MILITÄRSTÜTZPUNKTE GEBAUT UND HÄUSER...
... UND MIR VORGESTELLT, WIE ICH MIT MEINER MUTTER DA EINZIEHE.

IRGENDWIE HABE ICH GERADE DAS GEFÜHL...
... WIR GEHEN GENAU IN DIE ENTGEGENGESETZTE RICHTUNG...
... WIE ALLE ANDEREN.
...

WIR HA-
BEN AUCH
HUNGER.
EIGENTLICH
WOLLTEN
WIR JA
JAGEN...
ICH
FRESSE
JETZT
DEN
DREIKÄ-
SEHOCH
HIER!
FLETSCH
ICH HOFFE
NUR, DIE
ELTERN DES
KLEINEN
TAUCHEN
AUF, SOLANGE
AGEHA SEINEN
BLUTDURST
NOCH UNTER
KONTROLLE
HAT...
BLEIB
MAL
NÄHER
BEI MIR,
KLEINER!
?
?

あんまん
カスタード
HIER!
WAS MAGST DU ESSEN: BOHNENMUS ODER VANILLE?
AGEHA...
ANKO? BIST JA EIN RICHTIGER...
... FEINSCHMECKER FÜR DEIN ALTER!
ICH HÄTTE AUF JEDEN FALL VANILLE GENOMMEN!
DANN WÄRM MAL DEINE HÄNDE DARAN!
ICH PACK'S DIR IN DIE TÜTE.
... DU BIST EIGENTLICH GANZ SCHÖN FÜRSORGLICH, AUCH WENN DU SONST NICHT SO TUST...
WIE EIN GROSSER BRUDER...
MAMPF
あぐ

NA JA, DIE GUTE KONJUNKTUR BETRIFFT EBEN NICHT ALLE.
SO WAS KOMMT VIELLEICHT GERADE AM JAHRESENDE ÖFTER VOR.
ABER SEINE KLEIDUNG UND SCHUHE SEHEN AUS WIE MARKENSACHEN.
ODER?
...
OH...
GOTT SEI DANK!
SO EIN SCHICKSAL WÄRE EINFACH ZU SCHRECKLICH FÜR SO EIN KLEINES KIND.
WAS IST?
IST DIR KALT?
NICK
EGAL, OB WIR DICH AN DIE HAND NEHMEN ODER AUF DEN ARM... UNSERE KÖRPER SIND VIEL ZU KALT, UM DICH ZU WÄRMEN!
WARTE MAL...!

STIMMT AUCH WIEDER.
ABER WO KOMMT DER KLEINE DENN HER?
WAS IST MIT DEN ELTERN?!
HAT SICH WOHL VERLAU-FEN... ALS DIE ELTERN MAL KURZ NICHT AUFGEPASST HABEN.
IN DEM AL-TER, IN DEM MAN VON ZU HAUSE ABHAUT, IST ER JA WOHL NOCH NICHT!
...
?
AUSGE-SETZT...
... WURDE ER DOCH AUCH NICHT, ODER?

... MA
ÜWÄÄÄH!
?!
SO WAS!
WIE-SO?!
HOPP
BWÄH!
WIESO LÄUFT HIER PLÖTZLICH EIN KLEINES KIND ALLEIN RUM?!
DIE JUNGS DA SIND VERDÄCHTIG!
SIE HAUEN AB!
JETZT HABEN WIR DAS KIND AM HALS.
IST SCHON EIN PROBLEM, ODER?
DOCH WIR KONNTEN ES JA NICHT DA STEHEN LASSEN!

?!
EH...?
MAMA...
MA...
MA...?
WAAAS?!

QUATSCH!
NORMALERWEISE KOMMEN WIR SUPER AN!
BEHAUPTUNG OHNE GRUNDLAGE
GENAU!
WENN DIR EIN NORMALER KOMBINI* ZUWIDER IST, GEHEN WIR IN EIN KAUFHAUS UND NEHMEN UNS KUCHEN UND HÜHNCHEN MIT NACH HAUSE!
WIR NEHMEN AUCH DEINEN LIEBLINGSKUCHEN, OKAY?
TROTZ WEIHNACHTEN KÖRBE GEKRIEGT!
WELCHE SCHMACH!
WIR ARMEN!
...
* CONVENIENCE STORE; KLEINE GEMISCHTWARENLÄDEN, DIE MEIST RUND UM DIE UHR GEÖFFNET SIND.
ZWEI JUNGS IN SCHULUNIFORM, DIE AN SO EINEM TAG DIE KÖPFE HÄNGEN LASSEN... WEISST DU, WIE UNCOOL DAS IST?
UNCOOL...?
JA...
HO...
GEHEN WIR?
WAS FÜR EINEN KUCHEN MAGST DU?
DACK

AGEHA...
... IST DIR EIGENTLICH KLAR, WAS DER 24. DEZEMBER FÜR EIN TAG IST?
KYAH
KYAH
LEICHT ZU SEHEN, WER ETWA AGEHAS TYP IST...
AH...
AH, SCHADE, MEIN FREUND KOMMT GERADE!
BIS DANN MAL! ♡
EH?
EH?
„SCHADE"? WAS SOLL DAS BEISSEN?
JA JA, DIE NGS SIND ALT SO SÜSS!
...
EH?!
DAS GANZE VIERMAL...
VERSTEHST DU?
EGAL, WIE VIELE HÜBSCHE MÄDCHEN SICH PLÖTZLICH AUF DEN STRASSEN TUMMELN...
... SIE SIND ALLE NICHT ALLEIN! UND DAS LIEGT DARAN, DASS HEUTE WEIHNACHTEN IST!
NOCH DAZU HEILIGABEND!
UUUHM...
ND WIR AUCH LIERER?

NA JA, WEIL IM DEZEMBER DIE ZAHL DER VERBRECHEN ANSTEIGT, SIND WIR IMMER EINGESPANNT ...
... UND KÖNNEN UNS NICHT ALS VAMPIRE AUSLEBEN.
WIR TROCKNEN AUS, UNS FEHLT BLUT!
UND HARUKA SAGTE JA ...
„WENN IHR ZU ZWEIT SEID, HABT IHR CHANCEN BEI ETWAS ÄLTEREN MÄDCHEN!" ♡
NIMM SO EIN KOMPLIMENT ...
... DOCH NICHT ERNST, AGEHA!
OKAY! DIE SACHE IST ENTSCHIEDEN!
DAMN
ATTACKE!
HEUTE ABEND GIBT'S MÄDCHEN ZUM ABENDESSEN!!
DAS GIBT EIN FESTMAHL!
...!!
ALSO WIRKLICH ...!
HÖR AUF, HIER LAUTHALS UNSEREN RUF ZU ZERSTÖREN!!

BLÄTTER
HIER!
DAS HABE ICH VON KIYOI BEKOMMEN.
TUT MIR LEID...
... DOCH DAVON KÖNNT IHR HEUTE ABEND ESSEN GEHEN.
ABER...
ICH WILL NICHT!
... ICH WILL NICHTS ANDERES ESSEN ALS DAS, WAS KIYOI GEKOCHT HAT!
ICH WILL NICHT!
BUHUUU!
ACH, KOMM...
QUENGEL NICHT RUM WIE EIN VERWÖHNTES KIND!
SPÄH
VIELLEICHT ...
... SOLLTEN WIR HEUTE ABEND JA LIEBER JAGEN GEHEN?
!!

WAS GIBT'S AN SO EINEM TAG WOHL ZU ABEND?
ZUNGEN-EINTOPF... ODER ODEN...
DAS HINABE NEULICH WAR AUCH SUPER!
WENN WIR NACH HAUSE KOMMEN, IST NIEMAND DA!
ES IST NIEMAND DA!
EH...?
ACH SO...!
...AUSREISSER!
DIESE...
DU WARST HEUTE MORGEN WAHRSCHEINLICH NOCH NICHT WACH GENUG, UM ES MITZUKRIEGEN...
... ABER KIYOI HAT GANZ FRÜH AM MORGEN EINEN DROHANRUF GEKRIEGT, ER SOLLE DEN BONUS ABHOLEN.
UND MASAKAZU SAGTE, MAN ZWINGE IHN, AN EINER „JAHRES-ABSCHLÜSSFEIER FÜR VERLIERER" TEILZUNEHMEN.
HE, HE...
„VERLIERER"... GENAU!
ALSO, WAS MACHEN WIR JETZT?

JA...
AKTIEN!
DAYTRADER... SAGT DIR DAS WAS?
ICH HABE ANSCHEINEND TALENT!
(FLUCH:) MÖGEST DU EINEN SCHWEREN VERLUST ERLEIDEN!
NORMAL SCHWACH FLUCH STARK
DU WILLST WOHL EIN WINKELADVOKAT WERDEN!
WEIHNACHTEN, JAHRESABSCHLUSSFESTE...
... BIS HIN ZU SILVESTER... ALLE MÖGLICHEN FEIERLICHKEITEN ERWARTEN UNS AM JAHRESENDE.
UND AB MORGEN...
... HABEN WIR AUCH WINTERFERIEN.
GANZ SCHÖN ALT HEUTE...

DEZEMBER ...
... NENNT MAN AUCH DEN „MONAT, IN DEM SELBST LEHRER RENNEN"...
AH...
EIN BONUS AM JAHRESENDE IST NATÜRLICH SEHR DANKENSWERT.
ÜBERWEIS MIR DEN BATZEN DIREKT!
WAS? MITBRINGSEL AUCH?
HEUTE?
WIR HABEN UNS DOCH ERST VORLETZTEN MONAT GESEHEN!?
MICHITAKA-SAN... IST ES NICHT VIELLEICHT SO, DASS DU MICH EINFACH NUR TREFFEN WILLST?
SO FRÜH AM MORGEN, ALSO WIRKLICH...!
SIE IRREN SICH!
ALLE SAGEN, DASS SI IM STRES SIND...
MA-SA-KA-ZU-KUN! ♪
MEIN NEUES AUTO! ★
AUF DEM WEG ZU EINEM CHRISTMAS-DATE!
...
HARUKA... WO HAST DU SO VERDÄCHTIG VIEL GELD HER?!
WIE PROLLIG!
EINFACH NUR WIDERLICH!
... ABER IM GRUNDE SIND ALLE VOLLER VORFREUDE.

Rh+
RHESUS POSITIV

EPISODE 5
Rh+
RHESUS POSITIV

TOLL, DASS IHR IN MEINER ABWESENHEIT DAS HAUS GEHÜTET HABT.
NUN HABE ICH DIE TAGE HINTER MIR GELASSEN, IN DENEN ICH ALLEIN LEBTE UND DEINE TAGE ZÄHLTE.
DANKE!
JETZT ENDLICH...
... BIN ICH NICHT MEHR EINSAM!

NEIN.
ICH HABE DIE AUS DEM GARTEN GENOMMEN.
KLIRR
ICH GLAUBE, IM GARTEN GAB ES KEINE EINZIGE ESSBARE PILZSORTE...
WIE KANNST DU NUR?
BIST DU VERRÜCKT?!
RUHIG BLUT...!
WAAAAH!
WAH! WAH!
LEUTE WIE WIR STERBEN JA NICHT... HOFFE ICH ZUMINDEST...
HEY!
WENN IHR EUCH SO AUFREGT, VERDERBT IHR UNSER SCHÖNES CURRY!
BENEIDEST DU MICH, DOUZAN?

DOCH JETZT...
VIELE TOMATEN...
... SO WIRD DAS EIN RICHTIGES SOMMER-CURRY!
ES IST ZWAR SCHON LÄNGST HERBST...
DU HAST ZU WENIG SINN FÜR JAHRES-ZEITEN!
NA JA, KINDER...
ICH HABE WENIGS-TENS DRAN GEDACHT UND PILZE REINGE-TAN!
ALSO HANDELT ES SICH EI-GENTLICH UM EIN PILZCUR-RY MIT HERBST-LICHEN ZUTATEN!
WAS FÄLLT DIR EIN?!
...
SAG MAL, MASAKAZU-SAN...
ES GAB DOCH GAR KEINE PILZE IM KÜHL-SCHRANK!?

OBWOHL DU MICH ALLEIN ZURÜCK-GELASSEN HAST...!
KANNST DU MICH HÖREN?
DIE FRÖHLICHEN STIMMEN DER JUNGS...
... DIE AUF MICH IN DIESEM HAUS WARTEN...
FURCHTBAR LANGE HABE ICH...
... NUR LEERE IM HERZEN GESPÜRT.

IN DEN KÜHLSCHRANK?
SCHMECKT ES NICHT LAUWARM BESSER?
ZAPPEL
ZAPPEL
WIR NEHMEN SIE KURZ VORHER WIEDER RAUS!
DATAMM
MENSCH ...
... DOUZAN-SAN... DEIN STECHENDER BLICK STÖRT MICH.
MUSS DAS SEIN?

HEUTE HABEN WIR EINFACH MAL SO BESCHLOSSEN, DASS ES CURRY GIBT!
SEIT DEM KOCHKURS HABE ICH NICHT MEHR GEKOCHT.
TRAU'S MIR KAUM NOCH ZU...
ABER AGEHA WOLLTE UNBEDINGT CURRY.
TORKEL
KEIN PROBLEM! HARUKA-CHAN HAT MIR EINEN VORTRAG GEHALTEN, KEINE ANGST!
ER SELBST IST ALLERDINGS NACH HAUSE GEGANGEN...
UWAH!
AH...
HALLO!
WOHER DAS SELBSTVERTRAUEN?
DER GARTEN IST RICHTIG SCHÖN GEWORDEN!
DANKE DIR.
HIER, EUER...
... GESCHENK!
BLUTBEUTEL FÜR TRANSFUSIONEN.
LEGT SIE IN DEN KÜHLSCHRANK IM KELLER.
HEUTE ABEND MACHEN WIR SIE AUF.
♡

BIN ICH DER EIN-ZIGE...
... DER DIE-SE SZENE NICHT AUS SEINEM GEDÄCHTNIS RADIEREN KANN?
ICH BIN WIEDER DA!
?
HIER RIECHT'S GUT!
AH...
WUPP
WILL-KOMMEN ZURÜCK!

BESTEN DANK!
DAS IST DAS MITBRINGSEL, ÜBER DAS SIE SICH AM MEISTEN FREUEN!
VERZEIHUNG ...
WOLLTE IHR GAST GAR KEINE MAHLZEIT?
NEIN.
BRINGEN SIE NUR MEINE PORTION!
...
ER HAT SICH SCHON IMMER SCHRECKLICH ERNÄHRT.
JA... VERSTEHE...
ICH WEISS SOWIESO NICHT, WAS ER MAG.
MACHT ES IHNEN NICHTS MEHR AUS?

INKLUSIVE DEINER NATÜRLICH!
!
...
DEINE STIMMUNG SCHEINT JA NICHT MEHR DIE BESTE...
ICH GLAUBE, ICH VERABSCHIEDE MICH.
DIE MAPPE NEHME ICH MIT.
!
KIYOI-SAN!
VERGESSEN SIE NICHT MITZUNEHMEN...
... WAS ICH IHNEN BESORGEN SOLLTE!
DA ES FRISCH IST, HABE ICH ES IN EINE KÜHLTASCHE GETAN.

...WEINTEN SIE, WEIL SIE VERLASSEN WURDEN.
DAMALS WIRKTEN SIE SO AUFRICHTIG UND LEIDENSCHAFTLICH...
... UND JETZT S KALT UN BERECHNEND.
...
GYUB
...
MEIN GROSSVATER WURDE ALT UND RUNZLIG, UND SCHLIESSLICH STARB ER...
... WÄHREND SIE IMMER NOCH JUNG, SCHÖN UND GLÜCKLICH SIND.
MEIN ARMER GROSSVATER!
MEIN JETZIGES SCHÖNES LEBEN...
... VERDANKE ICH DEM, WAS MIR DOUZAN HINTERLASSEN HAT.

ER VER-ABSCHEUT SIE, NANNTE SIE EINEN TEUFEL.
ICH MAG SIE ZWAR AUCH NICHT BESONDERS, DOCH ICH BIN NICHT SO STUR WIE ER.
HA, HA...
DAS HÖRT SICH JA SCHRECKLICH AN...
SO WAS ZU HÖREN UND DAZU DAS GLEICHE GESICHT WIE DOUZANS ZU SEHEN, IST GANZ SCHÖN VERLETZEND!
...
KICHER
ODER SO!
GYUB
SIE WIRKEN JETZT GANZ ANDERS ALS FRÜHER.
DAMALS...

... TAUCHTE ER AUSGERECHNET AUF DEM FRIEDHOF WIEDER AUF.
GNN
DAS ICH DIR NÜTZLICH SEIN WÜRDE!
GNN
DASS ICH IHNEN NUN WIRKLICH ARBEIT AUFHALSEN MUSS...
DOCH ALS DOUZAN NOCH LEBTE, SAGTE ICH...
... DASS ICH DIR NÜTZLICH SEIN WÜRDE!
TSK
ALS SIE VERSCHWANDEN, DACHTE ICH, DAS WÄRE NICHT MEHR GÜLTIG.
WAR JA AUCH NUR MÜNDLICH...
ICH HÄTTE MICH AUCH BEI DEINEM VATER MELDEN KÖNNEN...
... ABER ICH GLAUBE, ICH BIN IHM EINFACH ZU UNHEIMLICH UND FREMD.
ER WAR SCHON IMMER SO.
GANZ SCHÖN UNHÖFLICH!

AM ENDE...
... LIESS ER SICH WEDER BEI DER BEERDIGUNG NOCH BEI DER TRAUERFEIER BLICKEN.
MEIN GROSSVATER HINTERLIESS EIN VERMÖGEN, VON DEM KIYOI-SAN NICHTS WUSSTE...
... UND EIN LANDHAUS OBEN AUF JENEM HÜGEL.
UND ZEHN JAHRE NACH SEINEM VERSCHWINDEN...
RASCHEL
ICH BIN SAUER!

ABER KIYOI-SAN BEDEUTETE ER ETWAS GANZ ANDERES.
WAS SOLL ICH TUN?
?
WENN ER STIRBT...
... BIN ICH GANZ ALLEIN AUF DER WELT...

DAS GEHT NICHT!
DAS RIECHT ZU STARK!
PAPA UND DIE ANDEREN WERDEN FUCHSTEU-FELSWILD.
TJA, DANN VIELLEICHT IM LANDHAUS DAS SCHLAFZIM-MER?
HA, HA...
DU NIMMST TROTZ DEINER KINDER-STUBE KEIN BLATT VOR DEN MUND.
WENN ER ZURÜCKKOMMT, WIRD ER ZWAR NICHT MEHR ZU DIESER WELT GEHÖREN, ABER...
DIESE BLUMEN PASSEN AM BESTEN ZU IHM.
FÜR MICH WAR ER...
...NUR MEIN RUNZLIGER ALTER OPA.

JETZT GEHT ES SICHER ZU ENDE...
...
RASCHEL
RASCHEL
RASCHEL
GLAUBST DU...
... DAMIT DARF ICH DOUZANS KRANKENZIM-MER SCHMÜ-CKEN?

ETWAS SCHÖNES IST ALLEIN DESHALB SCHON FURCHTERREGEND.
DOUZAN-SAN...
ES WAR OFFENBAR WAHR, DASS GROSSVATERS SEELE GEFRESSEN WURDE.
DEIN GROSSVATER IST INS KRANKENHAUS GEKOMMEN!
WIR GEHEN IHN JETZT BESUCHEN.
GROSSVATER...?
WIE GEHT ES IHM?
ES WIRD NICHT LANGE DAUERN... BEI SEINEM ALTER!
ER WIRD EINEN SANFTEN TOD HABEN.

IRGENDWANN WERDE ICH AUCH DIR NÜTZLICH SEIN...
... NACHDEM ...
... DOUZAN GESTORBEN IST...
...
ES GAB SONST KEINEN BEDIENSTETEN ODER SEKRETÄR...
... DER GROSSVATER DUZTE...
DER TEUFEL HAT PAPAS SEELE GEFRESSEN!
ZUCK
DAS IST DAS ENDE...
GRUMMEL
MEIN VATER HATTE ANGST, DASS MEIN GROSSVATER EIN MONSTER WERDEN WÜRDE, DAS NICHT ÄLTER WIRD.
GRUMMEL
UND AUCH ICH...
... BEKOMME WEICHE KNIE, WENN ICH AN DIE BERÜHRUNG MIT JENER EISKALTEN HAND ZURÜCKDENKE.

ER KANN DAS NOCH NICHT VERARBEITEN.
ES IST VIELLEICHT NOCH ZU FRÜH FÜR IHN.
ABER ICH MUSS DICH IHM VORSTELLEN, SOLANGE ICH LEBE... MEIN SOHN KANN IHM DAS JA NICHT ERKLÄREN.
GULP
WORUM GEHT'S DA?
KEINE SORGE! WENN ER NUR KLUG GENUG IST, VERSTEHT ER ES AUCH.
DIE DOUZANS UND ICH...
... DAS IST EIN VERHÄLTNIS VON GEBEN UND NEHMEN.
ES WIRD ALLES GUT GEHEN!

ER SIEHT AUS WIE DOUZAN IN JUNGEN JAHREN.
AHA!
ZUCK
...
SCHAUDER
DIESE EISKALTE HAND...
SO FÜHLT SICH SI-CHER DIE HAUT EINES TOTEN AN.

ER IST MEIN ENKEL.
NACH MEINEM TOD KÜMMERE DICH BITTE UM IHN WIE UM EINEN SOHN!
DUMMKOPF!
ES IST VIEL ZU FRÜH, SCHON AN DEN TOD ZU DENKEN!
IRGENDWIE...
ZITTER
... LAG...
... UNHEIL IN DER LUFT.
ABER WENN DU MICH DARUM BITTEST, MUSS ICH DEINEM WUNSCH ENTSPRECHEN, WIE ICH DAS MEISTENS TU!
MICHITAKA-KUN?
SCHAUDER

... WAR GERADE DREIZEHN GEWORDEN...
... ALS ICH KIYOI ZUM ERSTEN MAL BEGEGNETE.
MICHITAKA!
GROSSVATER!
...?

DASS DEIN GROSSVATER NICHT BEREIT WAR, FÜR IMMER MIT MIR ZU LEBEN...
... NEHME ICH IHM HEUTE NOCH ÜBEL.
...
ES IST NUN SO ETWAS WIE MEIN SCHICKSAL...
... ABER ICH DENKE, DASS ICH DREI GENERA-TIONEN LANG EURER FAMILIE DOCH RECHT NÜTZLICH WAR.
DADURCH FÄLLT ES MIR SCHWER, MICH VON EURER FAMILIE ZU LÖSEN.
EINE VIERTE MUSS NICHT SEIN.
DAS LIEGT GANZ BEI DIR. ES IST DEINE ENT-SCHEIDUNG.
ICH...

RITSCH
!
DIESEN TEIL HIER LEHNE ICH AB.
ICH WILL MEINE KINDER NICHT SOLCHEN GEFAHREN AUS-SETZEN.
„MEINE KINDER"... HMPF...
MACHT ES IHNEN SO VIEL SPASS, FAMILIE ZU SPIELEN?
ABER DIE SIND DOCH UNSTERB-LICH... GENAU WIE SIE!?
DAS HEISST NICHT, DASS SIE SEELISCH TOTAL ROBUST SIND!
SOLANGE SIE LEBEN, SCHLEPPEN SIE IHRE TRAUMATA MIT SICH HERUM.

SEIEN SIE BITTE PÜNKTLICH! NEHMEN SIE HALT EINEN SCHNELLEREN ZUG, AUCH WENN ES ET-WAS TEURER IST!
IHR GEHALT KANN MAN JA NICHT GERADE ALS NIEDRIG BEZEICHNEN.
DAS IST ABER NICHT NETT, WIE DU JETZT REDEST!
GANZ ANDERS ALS DEIN ÄUSSERST LIE-BENSWÜRDIGER GROSSVATER...
!
GRUMMEL
GRRR
GRRR
HM... DA HAST DU JA WIEDER EINE RIESENMENGE AN FÄLLEN GESAMMELT...
... DIE DIE POLIZEI NICHT ÜBER-NEHMEN WILL.
FLAPP

SIE SIND JA REICHLICH SPÄT...
... KIYOI-SAN!
KLAPP
TUT MIR LEID! DIE ZUGVERBINDUNG IST SO UNGÜNSTIG. ICH MUSS MEHRMALS UMSTEIGEN.
UND DANN IST AUCH NOCH DAS TAXI IN EINEN STAU GERATEN ...
... WEIL MAN SCHON SEIT LÄNGERER ZEIT FALSCHPARKER SO STRENG KONTROLLIERT.
FHUP
DAS IST DOCH GAR NICHT MEHR SO SCHLIMM HEUTE.

ICH DENKE DABEI ...
... NICHT AN BAKA-KAZU...
... SONDERN AN KIYOI. DIESES HAUS IST NÄM-LICH...
... SEIN EIN UND ALLES!
DER GAST IST EINGETROFFEN!

WENN ICH KIYOI IN DEM ANZUG SEHE, MUSS ICH AN DEN ERSTEN UNTERRICHTSBESUCH DENKEN.
WEIL ALLE KIYOI ANSTARRTEN, KAM KEIN RICHTIGER UNTERRICHT ZUSTANDE...
?!
...
DER IST BESTIMMT AUFGEFALLEN!
BU, HA HA, HA, HA!
DER ALTE GREIS HAT DEN JUNGEN VATER GESPIELT!
PRUST
LACHEN IST...
... GEMEIN, ABER...
PRUST
DATT
JETZT NOCH...
... DER JÄHRLICHE GRABBESUCH...
DER ARME...! SOLLEN WIR IHM BEIM JÄTEN HELFEN?
DER HAT BESTIMMT 'NEN HALS.
NANU?
DU BIST DOCH SONST NICHT SO FLEISSIG?

DASS ER AM HELLLICHTEN TAG IM ANZUG RAUSGEHT...
EIN DATE?
KIYOI-SAN IST DOCH SONST IMMER EHER LEGER GEKLEIDET?
NEIN.
WIESO SCHAUT DER SO KOMISCH?
ER SAGTE, ES SEI HALB GESCHÄFTLICH, HALB PRIVAT.
WAS IST, AGEHA?
AH...
HM...

DOMM
!
UND PASS AUF, WENN DU TAGSÜBER LÄNGER DRAUSSEN BIST!
AUCH WENN DU NICHT STIRBST, DEIN IMMUNSYSTEM KANN SCHADEN NEHMEN!
MUSS ICH WIRKLICH DAS GANZE UNKRAUT JÄTEN?!
ICH GANZ ALLEIN?
SMILE
WENN DU BRAV BIST, BRINGE ICH AUCH WAS SCHÖNES MIT!
HE, HE, HE!
KLACK
OH!
WILLKOMMEN! ES SIND ALLE IM HAUS. KOMM REIN!
DAS KOMMT JA SELTEN VOR...

ALLES KLAR?
BIS ZUM ABENDESSEN BIN ICH ZURÜCK!
FÜR HEUTE MITTAG HABE ICH WAS VORBEREITET, DAS IM KÜHLSCHRANK LIEGT. MACHT ES EUCH IN DER MIKROWELLE WARM.
WENN IHR HAUSAUFGABEN HABT, ERLEDIGT SIE NOCH HEUTE VORMITTAG!
IST GUT!
ER BEHANDELT UNS WIE GRUNDSCHÜLER!
MASAKAZU, DU HAST NOCH UNKRAUT IM GARTEN ZU JÄTEN!
JA, JA, ICH WEISS!
SEINE POSITION IST IMMER NOCH SCHWACH!

EPISODE 4
Rh+
RHESUS POSITIV

GROLL
WANN GE-DENKST DU DENN, DEINE BÜCHERBERGE AUFZURÄUMEN?
GROLL
...!!
WAAAH!
MASAKAZUS POSITION WAR NUN DIE SCHWÄCHSTE VON ALLEN...
UNTER-NIMM MAL WAS, ABER SCHNELL!
WAS, WENN DER BODEN EIN-BRICHT?!
NN MUSST DU DIE EPARATUR EZAHLEN!
...UND ES DAUERTE EIN WEILCHEN, BIS ER DAS VERTRAUEN SEINER UMGEBUNG ZURÜCKERLANGTE.
...
ICH WERDE IN MICH GEHEN...

UND SO...
... WAR DURCH DEN FEHLGRIFF EINER EINZIGEN NACHT...
WAS? EIN GOKON?
ICH GLAUBE, WIR SOLLTEN UNS ERST EINMAL EINE WEILE ZURÜCK-HALTEN...
ARGH!
... DER RUF DES (SELBST ERNANNTEN) GOKON-KÖNIGS DAHIN.
UND DANN...
SAGT MAL...
... SOLLEN WIR NICHT MAL AUF DIE PIRSCH GEHEN?
MIT EUCH BEIDEN KÖNNEN WIR SICHER EIN PAAR ETWAS ÄLTERE MÄDELS AUFREISSEN, DIE REIF ZUM BEISSEN SIND!♡
MEINST DU DAS ERNST?
...
AGEHA ...
DER KERL HAT VIEL FREI-ZEIT...
GRRR
HÖR MAL, MASAKA-ZU...

EIN ANSEHNLICHER JUNGER MANN KOCHT IHM ESSEN...
ANSEHNLICHE HUNDERT JAHRE ALT?!
VOLL ANTI-AGING!
UND ER FÜHRT EIN SCHÖNES LEBEN, UMGEBEN VON SÜSSEN KÄTZCHEN!
ZUCK
KÄTZCHEN...
HM?
... (WUT)
WAS SOLL DER SCHEISS?!
DER SCHLEIMT SICH HIER VOLL EIN!
GUT, DASS ER NICHT GESAGT HAT, ICH GÄBE MICH JÜNGER, ALS ICH BIN!
NOCH ETWAS NACHSCHLAG?
JA, BITTE!

VERSTEHE, DU BIST ALSO EIN STUDENT AUS DER NACHBARSCHAFT.
DU BIST EIN GANZER KERL, ABER ALLEIN ZU LEBEN IST SICHER NICHT IMMER GANZ EINFACH, WAS?
KOMM GERNE AB UND ZU ZUM ESSEN VORBEI!
SCHLEIM
HA?!
WAS IST DA PASSIERT, ALS ICH NICHT DA WAR?!
PERPLEX
ER...
FHUUU
... IST WIRKLICH BENEIDENSWERT!
HA?!

.....
WAS MACHST DU DENN HIER AM FRÜHSTÜCKS-TISCH?!!
KERL!
DU HAST MIR AUF DEN KOPF GESCHLAGEN, UND DER TUT JETZT WEH WIE SAU!
PTSCH
DABEI SIND SOUNDSO VIELE MEINER GEHIRNZELLEN ABGESTORBEN!
WEISST DU EIGENTLICH, WAS FÜR EI-NEN ÄRGER DU MIR EINGE-BROCKT HAST?!
ÜBERHAUPT, WAS FÄLLT DIR EIN, MEIN HEMD ZU TRAGEN?!
NA JA, WIE AUCH...? IN DEM ZUSTAND, IN DEM DU WARST, BE-WUSSTLOS UND ALLES...
DIE MÄDELS, DIE ICH ABSCHLEPPEN WOLLTE, SIND GEFLÜCHTET!
UND ICH KONNTE NICHT WEITER JAGEN!
DOMM
TOTAL FERTIG

BLINK
JETZT WEISS ICH'S WIEDER!!
ZUCK
DER KERL HAT MIR AUF DEN KOPF GESCHLAGEN!
BAMM
DAPP
DAPP
DAPP
HM?
HASTIG WIE IMMER, DER JUNGE!
...!!
BADOM
WA...

HIER!
DA IST DOCH EINE LÜCKE ZWISCHEN DEN BÜCHERBERGEN!
DAS IST WAHRSCHEINLICH SEIN NORMALER SCHLAFPLATZ!
WAS GEHT EUCH DAS AN?!
ACH JA, MASUKAZU-SAN...
DAS GIBT'S ECHT NICHT!
SCHLIMMER ALS ICH, UND ICH BIN EIN GAMER!
ICH FINDE, DU SOLLTEST DICH BEI EINEM GEWISSEN JEMAND ENTSCHULDIGEN!
?
ER HAT DICH HUCKEPACK GENOMMEN, MIT ALL DEINEM BLUT UND ESSENSRESTEN...
... UND DICH BIS HIERHER ZU DEINEM BETT GETRAGEN!
DU SCHULDEST IHM WAS!
HÄ?
HÄ...?
...
ETRAGEN"...?

EH?
FÜR UNS WAR KLAR, DASS DU ALLEIN JAGEN GEHST. ALSO HABEN WIR ALLES UNTER UNS DREIEN AUFGETEILT.
SORRY!
ÜBERHAUPT, GANZ SCHÖN DREIST FÜR EINEN, DER EINFACH ABGEHAUEN IST, UM SICH VOR DER ARBEIT ZU DRÜ-CKEN!
...
FRECHHEIT!
FURCHTBAR...!
GENERVT
MEINE ERINNERUNG AN GESTERN ABEND IST ZIEMLICH LÜCKENHAFT...
AUTSCH
AUTSCH
AUTSCH
AUTSCH
AUTSCH
AUTSCH
AUTSCH
AUTSCH
DAS WAR 'NE GANZ SCHÖNE ARBEIT...
... DICH HIERHER ZU TRAGEN, DEN BÜCHERBERG WEGZURÄUMEN UND DICH INS BETT ZU LEGEN!
SCHÜTTEL
SCHÜTTEL
WO SCHLÄFST DU EIGENTLICH NORMALERWEISE?!

*BAKA = IDIOT; EIN WORTSPIEL MIT MASAKAZUS NAMEN.

LALÜ LALA
LALÜ LALA
LALÜ LALA
EINE KATAS-TROPHE!
TSCHIRP TSCHIRP
HM...?

UHH
NICHT HEILEN! DAS FÄLLT DOCH AUF!
DAS MACHT ALLES HIER NUR NOCH SCHWIE-RIGER!
...
HM...
ER SCHEINT ABGELENKT...
HEY! MACH MAL WAS, ABER SCHNELL!
DIE POLI-ZEISIRENE KOMMT IM-MER NÄHER...
HEY?!
LALÜ LALA
LALÜ LALA

WANK
... KERL...
DU VOLLDEPP!
HICK
SO WAS HEILE ICH SOFORT!
DAS GEHT GANZ SCHNELL!
IDIOT!
SCRASH

KYAAAH!
WAS MACHT DER KERL DA?!
DU...

SCHEISSE!
ICH WOLLTE HEUTE EIGENT-LICH ETWAS SCHMACK-HAFTERES ZU MIR NEHMEN...
WIESO MUSSTE DIE SACHE SO EINE WENDUNG NEHMEN?!
HICK
WANK
PUH ...
FHUUU ... HA ...
ACHTUNG...!
RÖCHEL

WEDER MIT DIR NOCH MIT DEM TYPEN DA...
... WILL ICH WAS ZU TUN HABEN.
GRABB
ICH RÄUME DAS FELD.
HEY... FINGER WEG VON MEINEN KLAMOTTEN!
IDIOT! DAS IST SCHON KEIN FALL FÜR DIE POLIZEI MEHR!
ICH ZEIGE DIR JETZT MAL, WIE MAN KÄMPFT!
...!!

!
POLTER
KYAH!
EH?!
DER DREHT PLÖTZLICH DURCH ...
DAS LETZTE!
TSK!
RUFT DIE POLIZEI!

UND ÜBER-HAUPT!
AUF DIE HATTE ICH ES VON ANFANG AN ABGESEHEN!
ZEIGT SEIN WAHRES GESICHT.
UH...
!!
GYA...
KYAAAH!

HEY!
HABE JA SCHON LANGE MIT KEINEM KOLLEGEN MEHR GESPROCHEN!
GRINS
WOHNST DU NICHT IN DIESEM LANDHAUS OBEN AUF DEM KOKUMONZAKA?
IN DIESEM SOUNDSO-KAN...
DAS IST GAR NICHT SO WEIT VON MIR.
LENK NICHT VOM THEMA AB!
DU WILLST DIE KLEINE KAPUTTMACHEN, STIMMT'S?!
ICH WEISS DURCHAUS MASS ZU HALTEN!
DAS SIND ABER HARTE WORTE!
WAS 'N DA LOS?
SIE STREITEN WOHL UM EIN MÄDCHEN...

IN LETZTER ZEIT NEHMEN ZÜGELLOS JAGENDE PÖBELVAMPIRE ZU...
ES STIMMT...
TAUMEL
DEM GENOSSEN REICHT'S!!
KERLE WIE DER HIER SORGEN DURCH WILDES JAGEN DAFÜR...
...DASS MENSCHEN VERRÜCKT WERDEN. EINE RICHTIGE PLAGE!
KERL...
HICK
DU WEISST ABER SCHON, DASS DU EINEN MEN-SCHEN ZU SO 'NEM PSEUDO-VAMPIR MACHST, WENN DU IMMER WIEDER VOM GLEICHEN BLUT NIMMST?!
GRABB

ICH BIN EIFERSÜCHTIG!!
WENN ICH KEIN MÄDCHEN FRESSEN KANN, BLEIBT MIR NUR NOCH DER ALKOHOL!!
BESÄUFNIS DER VERLIERER
TAMURA IST AUCH WIE ALL DIE ANDEREN MÄNNER...
AUF EINMAL IST ER GAR NICHT MEHR NETT...
DAS BUCH, DAS DU SUCHST, IST VERGRIFFEN... ABER ICH HAB'S ZU HAUSE IM REGAL STEHEN.
KOMM DOCH MAL VORBEI, DANN KANNST DU'S IN ALLER RUHE LESEN!
WENN DU'S NICHT AN EINEM TAG SCHAFFST, KOMM RUHIG ÖFTER!
OKAY?

ICH WILL RECHTSANWALT WERDEN.
ES GIBT NOCH PRÜFUNGEN, DIE ICH MACHEN MUSS, DA DARF ICH MIR KEINEN SCHNITZER ERLAUBEN.
AUCH WENN WIR HEUTE MAL EINEN...
... DRAUFMACHEN!
HACH!
ES GIBT DOCH NOCH MÄRCHENPRINZEN!
ER SIEHT GUT AUS...
... GEHT AUF EINE TOP-UNI...
... UND SIEHT EINER GLÄNZENDEN ZUKUNFT ENTGEGEN!
WIESO LÄDST DU SO EINEN ZUM GOKON EIN?!
SOLL DER HIER ABRÄUMEN, ODER WAS?!
DU WARST DOCH VOR EINER HALBEN STUNDE...
... SELBST NOCH HAHN IM KORB!
ÜBELST!
DER WILL HIER DER EINZIGE SIEGER SEIN!!
WESSEN FLUCH WIRKT HIER?!
DU BIST UNMÖGLICH, MASAKAZU-SAN!
FLUCH?
UNMÖGLICH!

WER IST DER KERL?!
VON UNSERER UNI IST DER JEDENFALLS NICHT, ODER?!
AH... AH...
ER IST EIN BEKANNTER VON MEINEM SEMPAI VON DER K-UNI UND STUDIERT JURA.
HMPF...
DU STUDIERST JURA, KONOE-SAN?
ICH BIN HARUKA KONOE. NETT, EUCH KENNENZULERNEN!
SMILE
ER IST AUF DER K-UNI...
HACH...
GRRR
WAS WILLST DU DENN SPÄTER MAL MACHEN?

RAUN
?!
SORRY, DASS ICH...
... SO SPÄT KOMME. WAS TRINKT IHR?
DIESER KERL...
... KREUZT HIER EINFACH SO AUF UND TUT SO, ALS OB NICHTS WÄRE...
DAS IST DOCH EIN VAMPIR!!
ICH ERKENNE DAS AM GERUCH! JA, ICH SPÜRE DAS IRGENDWIE!!

ALS STUDENT KANN MAN SICH FREIER BEWEGEN. GIBT KEINEN STRESS.
ICH BERATE MICH GERADE MIT DEM PROFESSOR, OB ICH NOCH WEITER STUDIEREN SOLL.
DU BIST WOHL ZIEMLICH KLUG, TAMURA-KUN?
WAS ICH DEM PROFESSOR BIETEN KANN, SIND MEIN JUNGES UND LEISTUNGSSTARKES GEHIRN...
TUT SO, ALS GENIERE ER SICH.
... UND MEIN UNBERÜHRTER KÖRPER.
IH... EKLIG!
SEID IHR VOM ANDEREN UFER, DU UND DEIN PROFESSOR?
ÄHEM... BESTELLEN WIR WAS?
WARUM MÖGEN MÄDCHEN DIESES THEMA NUR SO SEHR?
DIE HEUTIGE JAGD WAR ZU HUNDERT PROZENT ERFOLGREICH!
DU MEINST, DU BIETEST IHM DEINEN KÖRPER...
... FÜR VERSUCHSZWECKE NACH DEINEM TOD?

DIE ADRETTE SORTE VON DER SCHULE FÜR HÖHERE TÖCHTER...
DAS GUTE AN DENEN: SIE TRIEFEN NICHT VOR PARFÜM.
HALLO! NETT, EUCH KENNENZULERNEN! ♪
... DOCH HEUTE LASSE ICH'S MIR MAL GUT GEHEN!
LÄRM
LÄRM
WIR WAREN JA NOCH SPÄTER DRAN!
FANGEN WIR GLEICH AN!
HIER IST DER LADEN.
IST JA KIYOI UND DEN ANDEREN GEGENÜBER SCHON GEMEIN...
WIR SIND JETZT ALLE AUF DER SUCHE NACH EINEM JOB...
... ABER ES SIND JA NOCH SOMMERFERIEN, DA MUSS MAN SCHON MAL DIE SEELE BAUMELN LASSEN!
SEID IHR ALLE IM DRITTEN JAHR, TAMURA-KUN?
IST HART, ODER?
ALSO, ICH WILL JA ERST NOCH EIN BISSCHEN FORSCHEN.

* KUPPELTREFFEN, EINE ART MASSEN-BLIND-DATE.

DU HAST JA AUCH TAUBE GESCHMACKS-NERVEN, MAKOTO!
GWÄH...
MAL WAS ANDERES...
SPÄH
WO IST EIGENTLICH MASAKAZU?!
NANU?
AH!
DER KERL IST...
... ABGEHAUEN!!

EIN EILAUFTRAG.
AUF DIE JAGD GEHT IHR ALSO LIEBER AN EINEM ANDEREN TAG.
OKAY?
...
DEIN ESSEN IST TOTAL LECKER, DOCH DAS EINE...
... HAT MIT DEM ANDEREN NICHTS ZU TUN!
ICH HABE MICH EINEN GANZEN MONAT LANG ZUSAMMENGERISSEN!
ES GIBT IMMER MEHR VAMPIRE, DIE WILD UND UNGEZÜGELT JAGEN.
DIESE LEUTE HABEN DEN VERSTAND VERLOREN UND SIND PSEUDOVAMPIRE GEWORDEN... ES IST FURCHTBAR, ES WERDEN IMMER MEHR!
ICH WILL AUCH, DASS WIR VIEL FÜR DEN MISTER TUN, DAMIT ER IN UNSERER SCHULD BLEIBT.
ICH HABE GERADE HEUTE BLUTKONSERVEN BESCHAFFT. GEDULDET EUCH NOCH EIN BISSCHEN!
KONSERVEN? ABER DA SCHMECKT MAN DAS KONSERVIERUNGSMITTEL, DAS MAG ICH NICHT...
ECHT?
ICH SCHMECKE DA KEINEN UNTERSCHIED.

HEUTE ABEND IST ES ENDLICH SO WEIT!
ENDLICH IST ZAHLTAG... ÄH... AUFHEBUNG DES BLUTVERZEHR-VERBOTS.
UND WIR, DIE SICH SONST VON DEN BLI-CKEN DER MENSCHEN FERNHAL-TEN...
...DÜRFEN UNSEREN NATÜR-LICHEN JAGDIN-STINKT AUSLEBEN!
TSCHÜ-HÜSS!
WARTET NOCH MAL, IHR DREI!
ICH WEISS, ES KOMMT SEHR PLÖTZLICH, ABER KÖNNTET IHR EURE JAGD HEUTE ABEND BITTE VERSCHIE-BEN?
WAAAS?!
WIESO DENN?!

CARIN'S ORIGINI
Rh+
RHESUS POSITIV
EPISODE 3

... WAR ALLES WIEDER RUHIG, ALS WÄRE NICHTS GEWESEN.
EIN SCHULWECHSEL UM DIESE JAHRESZEIT?
„ZUR KUR AUF DEM LAND“...
BLÄTTER BLÄTTER
WARUM NICHT?
SIE WAR JA AUCH SO BLASS...
FLAPP
JENEN ABEND KANN ICH NICHT UNGESCHEHEN MACHEN...
VERZEIH MIR, WAS WAR!
ICH WARTE NUR...
...
EIN ABSCHIEDSGESCHENK...
... AUF DEN MORGEN...
... UND EIN SANFTES ERWACHEN.

OB KIYOI-SAN NOCH WACH IST?
ICH DENKE SCHON!
ER IST NACHTAKTIV!
KLA
HEY! HIER GEHT'S JA MUNTER ZU MITTEN IN DER NACHT!
WIESO SEID IHR NOCH SO FIT?!
DU MUSST NICHT MIT, MASAKAZU!
AM NÄCHSTEN MORGEN...

?
DEPRI-MIERT? WARUM?
WEIL ER SICH HAT GEHEN LASSEN, OBWOHL ER UNS IMMER „RUHIG BLUT" PREDIGT...
UND...
... ICH GLAUBE, DASS ER NICHT WOLLTE...
... DASS WIR SEIN ANDERES, FURCHTER-REGENDES GESICHT SEHEN.
KIYOI-SAN...
IM GE-GENTEIL!
AGEHA FREUT SICH DOCH, UND ICH AUCH...
... DASS DU FÜR UNS SO WÜTEND GE-WORDEN BIST!
...

WIE GEHT'S DEINER HAND?
TUT SIE NOCH WEH?
GEHT SCHON WIEDER, HABE VORHIN EINE SALBE DRAUFGE-KRIEGT.
DANKE!
ICH WEISS NICHT, WAS MIT MIR PASSIERT WÄRE, WENN IHR NICHT GEKOM-MEN WÄRT.
...
WIE EIN HANDSCHUH!
KEINE ANGST!
SO SCHNELL GEHEN WIR VAMPIRE NICHT DRAUF!
KICHER
STRAHL
SELBST, WENN MEIN KÖRPER WIEDER WIE FRÜHER WER-DEN WÜRDE...
... KÖNNTE ICH DIE FURCHT VOR FESSELN UND KETTEN NICHT AB-SCHÜTTELN.
BRINGST DU...
... NACHHER MAL TEE IN KIYOIS ZIMMER?
ER IST TOTAL DEPRIMIERT...

UH...
AH...
AH...
AH...!
WAPP
!!
AH...
HA...
EIN TRAUM...
... VON FRÜ-HER ...
...
AGEHA...
... IST NOCH WACH!
KLICK
KLICK
PILOLOLO
TOCK
TOCK
MAKO-TO!

ICH WEISS NICHT, WAS DU MACHEN WILLST, WENN DU EIN VAMPIR BIST...
... ABER ICH FÜR MEINEN TEIL SEHNE MICH NACH ESSEN UND EINEM WARMEN BETT...
... NACH WARMEN WORTEN, DIE MICH WILLKOMMEN HEISSEN...
ICH SAGE DIR: DAS LEBEN ALS VAMPIR IST VIEL SCHLIMMER, ALS DU DENKST!
WENN MAN ALLES VERLIERT, ERKENNT MAN ERST...
MAKOTO ...
... WIE SEHR MAN GELIEBT WURDE!
UH...

WEIL ER PSYCHISCH GESCHWÄCHT IST...
IHN ANZUKETTEN UND SO ZU QUÄLEN...
KRICK
... IST EINE SAUEREI!
ICH WERDE DIESE JUNGS BESCHÜTZEN, KOSTE ES, WAS ES WOLLE!
KIYOI-SAN...
SIE WAR...
... SICHER NUR NEIDISCH, WEIL SIE „ALLES HABEN WILL, WAS DER NACHBAR HAT“.
!

MACH NICHT DIE EXISTENZ ZUNICH-TE ...
... DIE DU ALL DIE JAHRE AUFGEBAUT HAST!
MA...
TAUMEL
PATAMM
WAH...
ZITTER
ZITTER
KIYOI...
WARUM HEILT MAKOTOS WUNDE NICHT?
NORMA-LERWEISE MÜSSTE SIE LÄNGST GESCHLOS-SEN SEIN!

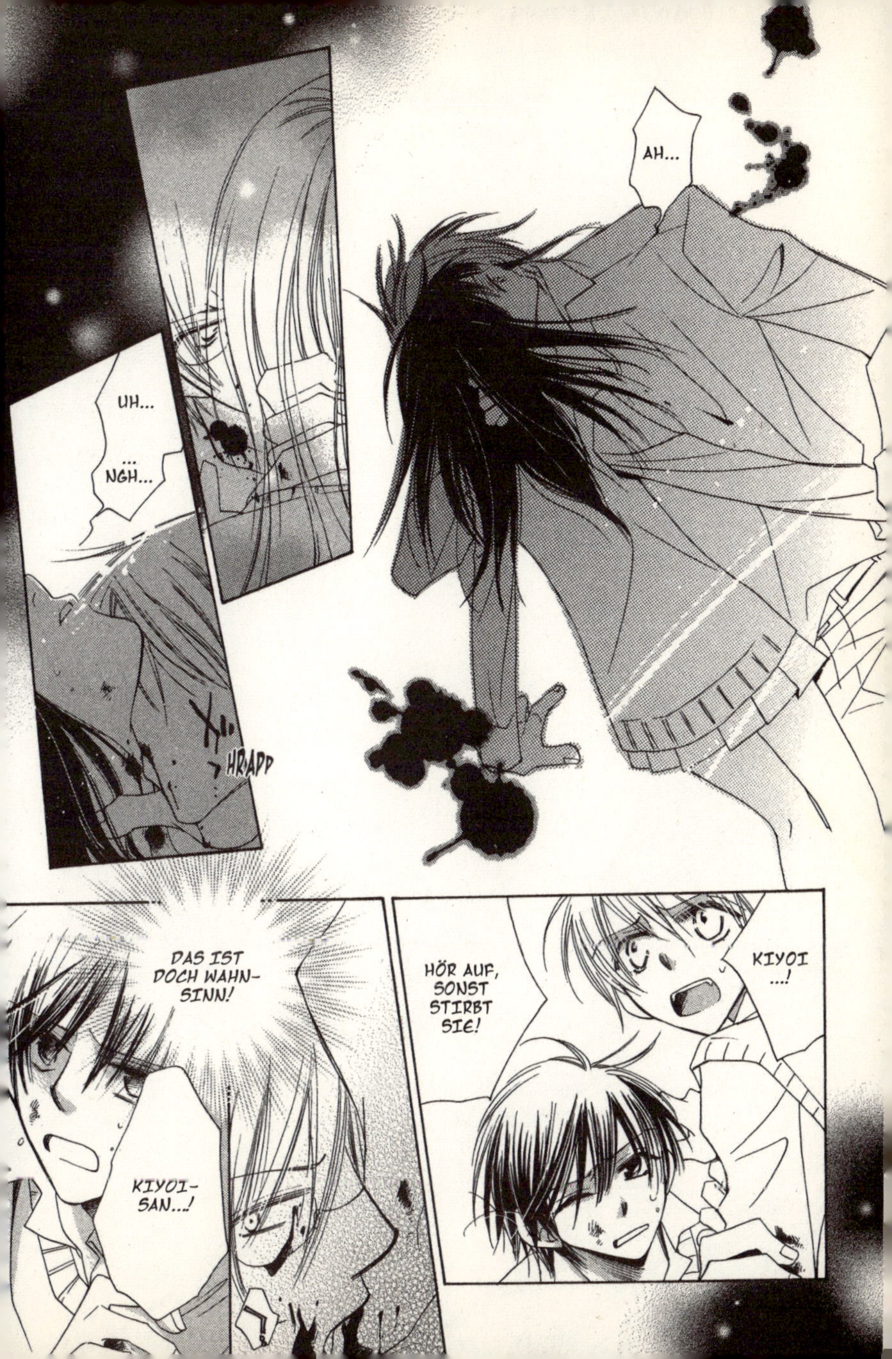
AH...
UH...
... NGH...
HRAPP
KIYOI ...!
HÖR AUF, SONST STIRBT SIE!
DAS IST DOCH WAHN-SINN!
KIYOI-SAN...!

AH...

HEY!
KOMM JA NICHT NÄHER!
SO WAS WIRKT NICHT!
DU KANNST DAS DING DOCH GAR NICHT MIT FRÖM-MIGKEIT AUFLADEN!
DAS MUSS WIRKEN!
ZITTER
BLICK
ZITTER
BEI NOGAMI HAT ES...
MAKOTO ...?!
WIE-SO...?!
HÄ?!
KIYOI...!

DU WILLST...
... EIN-FACH ZU VIEL!
EH...?
MAKOTO!
WA...
WER BIST DU?
WOHER WUSS-TEST DU, DASS WIR HIER SIND?

ES IST BESTIMMT TOLL, ANDERS ALS ALL DIE ANDEREN ZU SEIN!
ICH WILL NICHT SO WEITER-LEBEN WIE BISHER!
ICH WILL RAUS AUS DIESER SI-TUATION!
BITTE!
DIE ANDE-REN IN DER KLASSE SIND SO KINDISCH, MEINE ELTERN UNGERECHT...
... DIE SIND SO STUMPF, DIE VERSTE-HEN MEINE GEFÜHLE ÜBERHAUPT NICHT!
DU MUSST MICH DOCH NUR HIER MAL KURZ BEISSEN, ODER?
WENN ICH NICHT AUCH WAS BESON-DERES WER-DEN KANN, WILL ICH NICHT MEHR LEBEN!
SO HABE ICH MIR MEIN LE-BEN NICHT VORGE-STELLT!
ICH WILL ETWAS ÜBERNA-TÜRLICHES WERDEN... MEHR ALS EIN NORMALER MENSCH!
GNN
DAS IST IHR GANZER GRUND...
UND WENN DU ANDERS GEWORDEN BIST, WAS WILLST DU DANN MACHEN?

DAS ALTE SCHULHAUS!
KLIRR
ZUCK
ZUCK
DU HAST ES WAHRSCHEINLICH NICHT GEMERKT, ABER ICH BEOBACHTE DICH SCHON...
... DIE GANZE ZEIT!
ICH FREUE MICH, DASS DU SO ETWAS BESONDERES BIST! UND ICH BIN...
... AUCH EIN BISSCHEN STOLZ, DASS ICH DICH DURCHSCHAUT HABE!
ICH WILL SO WERDEN WIE DU!

UND DIESE SCHULE RÜHMT SICH IHRES AUFMERKSAMEN WACHPERSONALS, TSS, TSS...
TOTAL UNFÄHIG!
DAS IST DAS MÄDCHEN, DAS ICH HEUTE MORGEN GESEHEN HABE.
DIE... !
DIE BELÄSTIGT MAKOTO SCHON DIE GANZE ZEIT AUF SO 'NE GANZ KOMISCHE ART!
WIESO WILL SIE IHM AUF EINMAL BEIM MÜLLENTSORGEN HELFEN?!
AH...
... IN WELCHE RICHTUNG ZEIGT DAS?
...
DAS ROLLBRETT DA...
!

ICH BIN VOR IHM GEGAN-GEN...
FRSH
DAS IST NICHT DEINE SCHULD, AGEHA!
... WEIL ER HEUTE PUTZ-DIENST HAT.
ABER NACH DER SACHE HEUTE MORGEN MACHE ICH MIR SCHON EIN WENIG SORGEN.
LASS UNS GLEICH MAL ZUR SCHULE GEHEN!
Wachraun

GNN
ZUCK
ER IST NOCH NICHT ZURÜCK?
IN SEINEM ZIMMER IST ER NICHT... NICHT MAL SEINE TA-SCHE!
ICH GLAUBE, ER WAR NOCH GAR NICHT ZU HAU-SE!
DA STIMMT DOCH WAS NICHT!
OB ER NOCH IN DER SCHULE IST?
ICH WEISS ES NICHT...

ICH WIL NICHT!
NIMM SIE...
... MIR AB!
FHUP
KOMISCH!
IST DOCH NUR EINE KLEINE VORSICHTS-MASSNAHME...
HA...
HA...
ICH WILL NICHT!
SPERRT MICH NICHT EIN!
WIESO MUSS ICH JETZT AN DIESE ALTE SZENE DENKEN?
ICH WILL SCHON DIE GANZE ZEIT WIE DU WERDEN, WUSSTEST DU DAS?
?
DAS WÄRE DIE IDEALE FORM FÜR MICH! VAMPIRE SIND SCHÖN... UND SO GANZ ANDERS ALS DIE MASSE.
REISS DICH MAL ZUSAMMEN!
KLICK
KLICK

ICH WILL AUCH...
... SO EINEN KÖRPER WIE DU HABEN! KANNST DU DAS MACHEN? BITTE!
ICH WILL KEIN MENSCH MEHR SEIN, SONDERN EIN GANZ BESONDERES WESEN!
ZUCK
SIE WEISS, WAS ICH BIN!
WENN NICHT, KANN DIESES BLÖDE MENSCHENLEBEN RUHIG AUFHÖREN!
ABER WIESO MACHT SIE DANN SO WAS HIER?!
KLACKER
KLACKER
DANN VERSETZ MIR DEN GNADENSTOSS!
HA!
HA!
WAS?
DIE DINGER GEHEN NICHT AB?

KICHER
KICHER
...
DAS HIER... IST JA DAS ALTE SCHULHAUS!?
JA.
JUNGEN SIND GANZ SCHÖN SCHWER... ICH HATTE MÜHE, DICH ALLEIN HIERHER ZU SCHLEPPEN!
SA... SAG MAL, ÜBERTREIBST DU ES NICHT EIN BISSCHEN?! DAS IST KEIN NORMALES MOBBING MEHR!
NA JA, ICH DACHTE, WENN ICH DAS NICHT TU, STELLST DU DICH NUR WEITER DUMM!
DU BIST NÄMLICH KEIN MENSCH, HAB ICH RECHT?
!!

...
WO BIN ICH?
WANK
?!
チャリ
KLACKER
WAS...
... ZUM TEUFEL...?!
DODOM
...
KNIRSCH
KNIRSCH
DODOM
KRACKS
NUN STRÄUB DICH DOCH NICHT SO!
KICHER

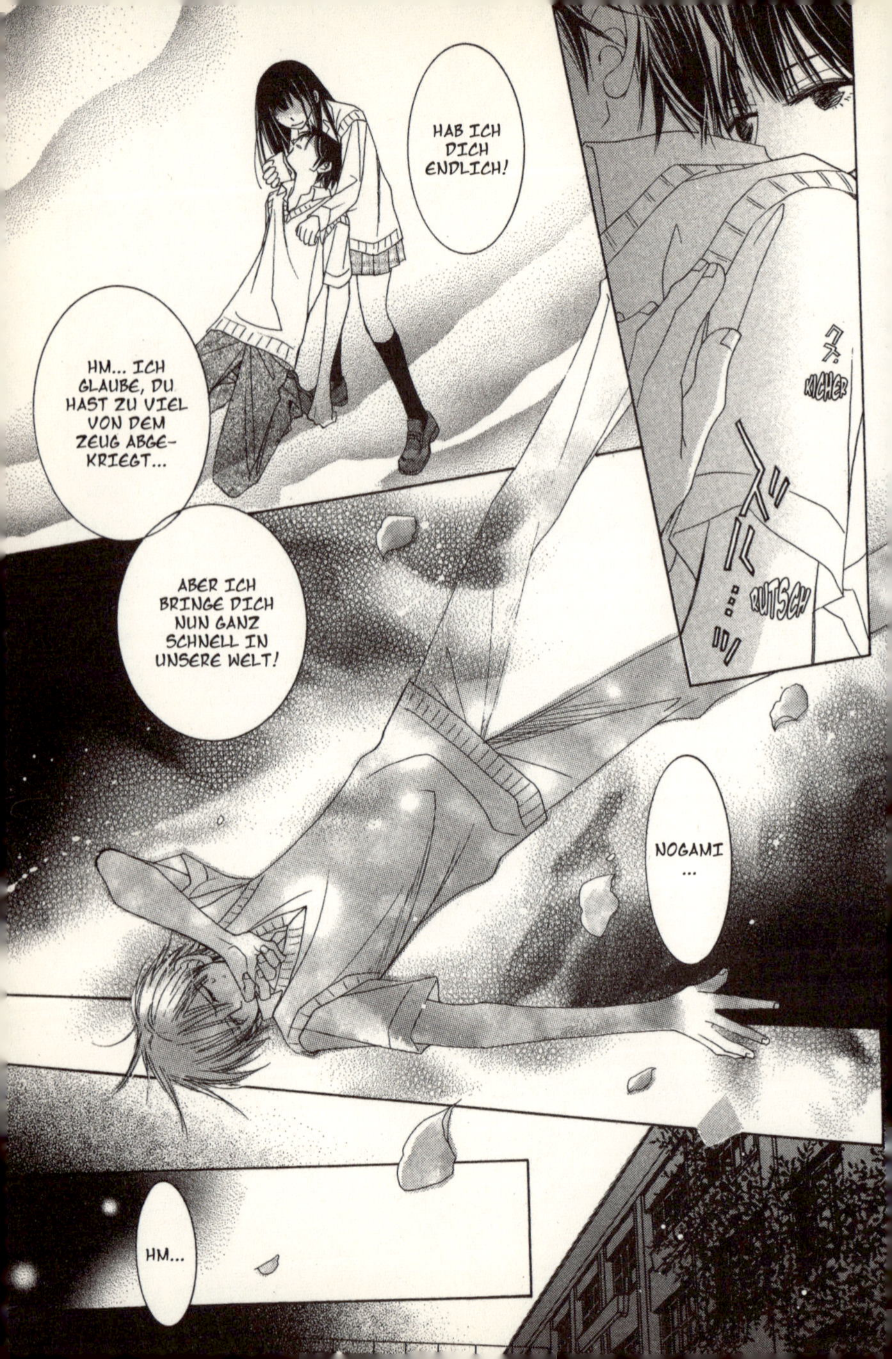
HAB ICH DICH ENDLICH!
KICHER
HM... ICH GLAUBE, DU HAST ZU VIEL VON DEM ZEUG ABGE-KRIEGT...
RUTSCH
ABER ICH BRINGE DICH NUN GANZ SCHNELL IN UNSERE WELT!
NOGAMI ...
HM...

DAS SIND DOCH DEINE BLICKE, ODER?!
IN DER KLASSE SPÜREN NUR WIR ZWEI DIESE BLICKE!
WIR SIND WAS BESONDERES!
JETZT WIEDER!
HAST DU NICHT DAS GEFÜHL, BEOBACHTET ZU WERDEN?
DU MUSST BESSER AUFPASSEN!
ECHT?
MEINST DU?
KANN ES SEIN, DASS DU EIN BISSCHEN PARANOID BIST?
?
SPÄH
SPÄH
...
RASCHEL
?!

DIE IST EIN NORMALER MENSCH, DA BIN ICH SICHER.
GNN
ICH ERKENNE SCHON EINIGERMASSEN DEN UNTERSCHIED.
WIESO HABE ICH SOLCHE ANGST?
ICH HÄTTE AGEHA NICHT SAGEN SOLLEN, DASS ER SCHON NACH HAUSE GEHEN KANN...
AB HEUTE IST DIESES GAME IM HANDEL! ♪
ÄHM...
WORUM GEHT'S DENN?
ZITTER
MENSCH, TU NICHT SO AHNUNGSLOS!
DU HAST ES DOCH AUCH SCHON BEMERKT!?
ZITTER
DIESE KOMISCHEN BLICKE IN LETZTER ZEIT...
DU SPÜRST SIE DOCH AUCH?
EH...?

ICH ...
... KRIEGE DAS SCHON ALLEIN HIN!
AU-WEIA!!
WAS...
... SCHAUST DU DENN SO VERÄNGSTIGT?!
ICH WILL DIR NUR HELFEN...
... UND MAL IN RUHE MIT DIR REDEN!
HAST DOCH NICHTS DAGEGEN, ODER?
SCHAUDER

MAG SEIN, DASS KIYOI-SAN SICH SORGEN UM MICH MACHT...
DING DONG
DING DONG
NUR NOCH DEN MÜLL, UND DANN SIND WIR FERTIG?
DAS MACHE ICH SCHON!
DANKE!
ICH MUSS ZUR PAUK-SCHULE!
ICH MUSS AUCH WEG!
SORRY!
BYE-BYE!
HEPP!
WUCHT
KANN ICH DIR HEL-FEN?
?!
GULP
WENN MAN VOM TEUFEL SPRICHT...
WIESO TAUCHT DIE PLÖTZLICH HINTER MEINEM RÜCKEN AUF?

ES STIMMT: ANFANGS HATTE ICH IHRE BLICKE ALS REINE ZUNEIGUNG AUFGEFASST...
... UND EGAL, OB ALS MENSCH ODER ALS VAMPIR...
... ZUNEIGUNG ENTGEGEN-GEBRACHT ZU BEKOMMEN, FREUTE MICH EINFACH WIRKLICH.
ICH HATTE JA AUCH EIN SCHRECK-LICHES SCHICKSAL ERLITTEN...
HILF MIR, OH HERR!
ICH HABE EIN FURCHT-BARES KIND...
... EIN KIND DES TEUFELS ZUR WELT GEBRACHT...!
ES WAR TRAU-RIG...
... UND BEDAUER-LICH...
... ABER AN IHRE ZÄRTLICH STREI-CHELNDE HAND...
... ERINNERE ICH MICH HEUTE NOCH HÄUFIG.

SAG MAL...
DAS VERDÄCHTIGE MÄDCHEN, VON DEM KIYOI-SAN GESPROCHEN HAT... KENNEN WIR DIE NICHT?
DA GIBT'S DOCH EINE, DIE IN LETZTER ZEIT IMMER DEINE SCHLAPPEN VERSTECKT ODER DEINE SCHULBÜCHER ZERSCHNIPPELT.
AH...
AN DIE HABE ICH AUCH KURZ GEDACHT.
HAST DU ÜBER DIE NICHT NOCH WITZE GEMACHT, VON WEGEN „MOBBING EINER VERLIEBTEN" UND SO?
ICH VERGESSE NICHTS, DAS SAGE ICH DIR!
ACH JA?
HE, HE, HE!
NA JA, ABER...
WENN SIE JETZT SCHON HINTER DIR HER STALKT...
... FRAGT MAN SICH SCHON, OB MAN DAS NOCH ALS „LIEBE" BEZEICHNEN KANN...
JA...
DIESEN SAMSTAG...
... IST VOLUNTEERTAG...
...

ICH WOLLTE EUCH NUR BESCHEID SAGEN, WEIL MICH DAS DOCH ETWAS BESCHÄFTIGT HAT.
JA, JA... „PASST GUT AUF UND MACHT KEINE FEHLER!"...
...STIMMT'S?
BTSCH
SPRACH'S UND MACHTE GLEICH MAL EINEN FEHLER!
DEIN SPIEGELBILD IST NOCH NICHT DA!
WENN DU MICH NICHT HÄTTEST...
ALSO, BIS SPÄTER!

... VERDANKEN WIR...
ER VERHÄTSCHELT IHN WIEDER!
... KIYOI-SAN, DEM HAUSMEISTER DES GECCHOKAN.
ACH SO, JA.
WEGEN DER SACHE VON HEUTE MORGEN...
DAS UNHEIMLICHE MÄDCHEN?
JA.
DIE HAT VOM TOR AUS HEREINGESPÄHT.
UND SIE HATTE EINE UNIFORM EURER SCHULE AN...

DAMM
PIII
GUTEN MORGEN!
ICH BIN DER ANFÄNGERVAMPIR MAKOTO NOGAMI.
TRÄUMST DU NOCH?
REISS DICH MAL ZUSAMMEN!
BIN HALT NACHTAKTIV...
„VAMPIR" KLINGT SO FEIERLICH UND WÜRDEVOLL, ABER DAS SIND WIR NICHT.
UND DASS WIR DEN BESCHEIDENEN LUXUS, EINMAL IM MONAT ECHTES BLUT ZU UNS NEHMEN ZU KÖNNEN...
ZUMAL SCHON 400 CCM ZWEI VON UNS SATT MACHEN...
... UND DIESES FRIEDLICHE LEBEN GENIESSEN DÜRFEN...

HM...
ICH KÖNNTE MIR SCHON VORSTELLEN, DASS HIER MONSTER WOHNEN!
...?
PIII
PIII PIII PIII
PIII
PIII
PIII
PIII

RHESUS POSITIV

Rh+
RHESUS POSITIV
EPISODE 2

JA, DIE WUNDE...
... IST WIEDER ZU...
GNN
SCHÜCHTERN
DOCH ICH...
DIESE KALTE ...
... HAND...
... WAR EIN GERADE MAL 16-JÄHRIGER JUNGVAMPIR...
... DEN ES NACH EINER ZÄRTLICH STREICHELN-DEN HAND DÜRSTETE.

MACHT NICHTS! HAUPTSACHE...
... DIR IST NICHTS PASSIERT!
DIR IST DOCH NICHTS PASSIERT? KEINE GRÖSSEREN VERLETZUNGEN?!
BLICK
KIYOI...
SCHLUCHZ
ICH HABE MICH VERWÖHNEN LASSEN...
DER GRUND, DASS WIR...
ICH GEHE SCHON SCHLAFEN.
... HIER UNTERSCHLUPF FANDEN...
GUTE NACHT!
... IST, DASS WIR UNS SELBST SCHÜTZEN MÜSSEN.
UND DU, MAKOTO?
ALLES IN ORDNUNG MIT DIR?

WIE KANN MAN NUR SO EINEN ABSCHAUM DECKEN! SO WAS WÜRDE ICH MEINEM SOHN NICHT DURCHGEHEN LASSEN...
DAMIT GEFÄHRDET ER JA AUCH SEINE EIGENE POSITION!
IHR WÄRT...
... SICHER GENAUSO WILD GEWORDEN...
... WENN MICH EIN MENSCH VERLETZT HÄTTE, ODER?
BIN WIEDER DA!
TUT MIR LEID, KIYOI...
ZERFETZT
JETZT HABE ICH DIE JACKE GERADE ERST VON DIR BEKOMMEN...
... UND SIE HAT NUR EIN PAAR TAGE ÜBERLEBT!

BIS JETZT HAT DICH DEIN ALTER HERR WAHRSCHEINLICH IMMER RAUSGEHAUEN...
GRABB
... ABER DIESMAL WIRD ER ES NICHT SCHAFFEN, DAS ZU VERTUSCHEN!
WAH...!
WIESO PASSIERT MIR SO WAS...?
BOF
JETZT FÄNGT ER WIEDER AN...!
GEH ZUR HÖLLE UND STIRB NOCH HUNDERTMAL!
GWAH
UOOOH!
WAAAH!
KRACK
ER MACHT IMMER WEITER...
ALLES OKAY, MAKOTO?!
DEIN GESICHT!
ZEIG MAL DIE SCHNITTWUNDE!
IST...
... IST SCHON SO GUT WIE GEHEILT!
ALSO NEE...
ICH WAR NUR ERSCHROCKEN ÜBER DEINEN AGGRESSIVEN TON!!

...
UAH!
EIN MONSTER!
FLETSCH
DU SCHEISS-KERL...
BLEIB MIR VOM LEIB!
BOFF
BOFF
... WAGST ES, MAKOTOS GESICHT AUFZU-SCHLITZEN?!
DU BIST HIER DAS MONSTER!!
RACK
BUFF
WIR SOLLTEN IHN AUFHAL-TEN...
BANG
OH MANN!
DIESE BENGEL KENNEN EINFACH KEIN MASS!

SLASH
TAUMEL
WRRRP
...
WAH!

AGEHA...
MANN! WO BLEIBT IHR DENN?!
ICH HABE DOCH GESAGT: KOMMT HINTERHER!!
DER KERL HIER FING AN DURCHZUDREHEN, ALS ER MERKTE, DASS ICH KEIN MÄDCHEN BIN!
IDIOT!
SCHAU ZUM TÄTER!!

„BLINK"...?!
DIE DECKEN EINEN DER IHREN! KEIN ZWEIFEL!
TAP
DAS IST DER MISS-RATENE SOHN VON SO EINEM POLIZEI-OBERMA-CKER!
KLAR, EIN HOHES TIER BEI DER POLIZEI KANN KEINEN SKANDAL IN DER EIGE-NEN FAMILIE GEBRAUCHEN... UND WILL NICHTS MIT DEM FALL ZU TUN HABEN!
KIYOI-SANS BEKANNTER GIBT UNS STÄNDIG SOLCHE BIZARREN FÄLLE!!
URGH ...
!

AGEHA...!
...
HA!
MURMEL
MURMEL
ER SCHLEPPT MICH ZUM PARK AB! KOMMT HINTERHER!
DA IST JETZT KEIN MENSCH!
ABER NUR SO KÖNNEN WIR IHN AUCH DINGFEST MACHEN!
BLINK
GENAU, AN DEN ERINNERE ICH MICH!
BINGO!

WAS IST DAS?!
SCHNÜFFEL
DIESE MORBIDE ATMOSPHÄRE...
DU GEHST JA RICHTIG RAN!
KEIN ZWEIFEL!
DAS IST DER KERL!
JETZT ABER LOS!
HINTERHER!
MASAKAZU-SAN!
ICH GLAUBE, DER HAT EINE STICHWAFFE!!

FÜR DIE AUGEN...
... DER MENSCHEN...
DER TÄTER ...
... HAT EINEN ENGEN AKTIONSRADIUS UND VERHÄLT SICH SO UNVORSICHTIG, DASS MAN BLUTSPUREN AN SEINEM KÖRPER ERWARTEN KANN.
EXTREM NERVÖS
DIE POLIZEI MÜSSTE IHM DOCH EIGENTLICH LÄNGST AUF DIE SPUR GEKOMMEN SEIN.
VIELLEICHT DECKT SIE...
... EINEN DER IHREN?!
...
WA...

OJE...
DA HAT ER SICH DIE FALSCHEN GEANGELT.
HAUT AB, IHR STÖRT!
SOLLEN WIR...
... DIE POLIZEI RUFEN?
HABEN DIE TOMATEN AUF DEN AUGEN?!
ER IST DOCH EINDEUTIG EIN JUNGE!
MIT DIR WÄR'S BESTIMMT DAS GLEICHE, ODER?
YUK YUK YUK
DANN NENNE ICH DICH „MAKO-CHAN"!
...
ICH WILL ABER NICHT, DASS DU...
... MICH SO NENNST!
FÜR DIE AUGEN DER MENSCHEN...
... SEHEN WIR VAMPIRE VERFÜHRERISCH AUS.
SONST HÄTTEN WIR AUF DER JAGD GANZ SCHÖN PROBLEME!

MIST!
NA WARTET! DAS KRIEGT IHR ZURÜCK! MIT ZINS UND ZINSESZINS!
SO WIRD DAS ABER NIX MIT DEM LOCK-VOGEL! ER HAT JA O-BEINE!
KEINE SORGE!
WO NIMMT ER DIE ZUVER-SICHT HER?
SIEH GENAU ZU!
SCHAU! DA BEIS-SEN...
... SCHON DIE ERSTEN AN.
KEUCH

DAS IST DIE OBERSTUFENUNIFORM DER PRIVATEN MÄDCHENSCHULE S.
DER NECKISCHE KAROFALTENROCK IST SEHR BELIEBT! ♡
HEY...
WARUM ICH? DAS KÖNNTE GENAUSO GUT...
... EINER VON EUCH MACHEN!
MIR FRIEREN DIE BEINE AB!
ACH...
... WEISST DU...
... WIR PASSEN DA DOCH GAR NICHT REIN, ALLEIN SCHON VOM BRUSTUMFANG HER!
ES IST EINFACH SO.
JEDER IST SICH SELBST DER NÄCHSTE!
KEIN PROBLEM!
NUR MUT!
DU SCHAFFST DAS SCHON, AGEHA!
LOS!
MACH DEN LOCKVOGEL, VERSPRÜH EIN PAAR PHEROMONE!
BUFF

DIE ABSTÄNDE ZWISCHEN DEN TATTAGEN HABEN SICH IMMER MEHR VERKÜRZT.
DARAUS SCHLIESSE ICH, DASS DER KERL SICH NICHT MEHR BEHERRSCHEN KANN...
ALLE OPFER, AUCH DAS NEUE, WAREN OBERSCHÜLERINNEN AUS DIESER GEGEND.
EINE VON IHNEN WAR ÜBRIGENS IN DER VOLLEYBALL-AG IHRER SCHULE.
IHRE MASSE WAREN 80, 56...
HE, WARTE MAL!
WO STAND DENN WAS VON IHREN MASSEN?!
ばーか
PFFFT!
ICH HABE EBEN GANZ SCHÖN WAS IM KOPF!
BEISPIELSWEISE GEHEIME NAMENSLISTEN DER BESTEN SCHULEN IM GROSSRAUM TOKIO...
NAMENSKATALOGE VON STARS...
DIE TOP-100-RAMEN-SHOPS...
DIE BESTEN BAHNHOFS-BENTO-LÄDEN...
えっへん!
RÄUSPER
... ALLES, WAS DIE LETZTEN JAHRE IN DER ZEITUNG STAND, IST IN MEINEM GEDÄCHTNIS.
...
ER SAGT, ER SAMMELE ALL DIE DATEN NUR AUS REINER WISSBEGIER UND MISSBRAUCHE SIE NICHT.
SIEH'S IHM NACH...
JEDENFALLS...
... HATTEN DIE OPFER ALLE EINES GEMEINSAM: SIE WAREN SCHLANK UND HATTEN GEFÄRBTE HAARE.
UND DESHALB...

GWOOO
HYUUU

SIE HATTE...
... EINE FAMILIE, DIE SICH RICHTIG UM SIE KÜMMERTE.
KIYOI-SAN KÜMMERT SICH DOCH AUCH RICHTIG UM DICH!?
HM...
...
OH MANN!
DIE SONNE IST SCHON LANGE UNTERGEGANGEN.
WIR SOLLTEN IN AKTION TRETEN.
SCHARR

FLAPP
ES GIBT ZWAR INDIVIDUELLE UNTERSCHIEDE...
... ABER NACH EINER GEWISSEN ZEIT DES WACHSTUMS HÄLT DER ALTERUNGSPROZESS AN.
DASS WIR ES DESWEGEN VERMEIDEN SOLLTEN, BEI ANDEREN EINEN BLEIBENDEN EINDRUCK ZU HINTERLASSEN, VERSTEHT SICH VON SELBST.
DAS VERSTEHT IHR DOCH, ODER?
DOCH ALS KIYOI...
... DAS SAGTE...
... WAR SEIN BLICK KALT.
WENN ICH DAS AGEHA SAGE, NERVT ER WIEDER RUM. ER KAPIERT ES EINFACH NICHT!
DIE HATTE ES GUT...

WAR SIE EINE...
... FREUNDIN VON EUCH?
NEIN, SO ENG WAREN WIR NICHT BEFREUNDET...
BIS GESTERN WAR SIE NOCH SO QUICKLEBENDIG, DASS SIE MIR AUF DIE NERVEN GING...
DAS KOMMT EINFACH ZU PLÖTZLICH!
DAS IST NUN DIE WIRKLICHKEIT...
IHR MÜSST SIE AKZEPTIEREN.
ECHT ZU HART!
UWAH!
WIE ICH IMMER SAGE...
KNÜPFT MIT LEUTEN IN EUREM UMFELD SO WENIG KONTAKTE WIE MÖGLICH, UND WENN, DANN BRECHT SIE SOFORT WIEDER AB.

WAS DU HEUTE MORGEN GESAGT HAST... HAST DU DA DIE MÄDCHENMORDE GEMEINT?
EH?
WOHER...?
TATAAA
GERADE HABEN WIR EINE EILMELDUNG ERHALTEN.
TATAAA
HEUTE ABEND WURDE IN DER NÄHE DES A-PARKS DIE LEICHE EINER JUNGEN FRAU AUFGEFUNDEN. SIE WURDE OFFENBAR ERSTOCHEN.
IST DAS NICHT GANZ...
... IN DER NÄHE EURER SCHULE?
NACH IHREN MITGEFÜHRTEN GEGENSTÄNDEN ZU URTEILEN, WAR SIE SCHÜLERIN DER ÖRTLICHEN OBERSCHULE.
DAS OPFER WURDE IDENTIFIZIERT ALS DIE 16-JÄHRIGE KAZUMI TABATA.
!
MAN VERMUTET EINEN ZUSAMMENHANG MIT DER MORDSERIE AN SCHÜLERINNEN...
...

SAG MAL...
... KIYOI-SAN...

...
EH?
WAS SOLL DAS?
WIE-SO?
NICHT GE-WUSST?
IN LETZTER ZEIT WIRD DOCH EINE OBERSCHÜ-LERIN NACH DER ANDEREN ERMORDET!
PASST GUT AUF EUCH AUF, IHR ZWEI!
ABER DIE OPFER SIND DOCH MÄD-CHEN!?
...
OB ES DAS IST...
... WAS KIYOI-SAN ERWÄHNT HAT?

SIE WAREN WIE VATER UND SOHN FÜREINANDER.
VON DAHER KANN ICH...
... AGEHAS BEDINGUNGSLOSE ZUNEIGUNG SCHON VERSTEHEN.
DAMM
!
GUTEN MORGEN!
MORGEN...
DACHTE GERADE: WAS HAT ER DENN DA AUSNAHMSWEISE MAL FÜR EIN SÜSSES MÄDCHEN DABEI? DABEI IST ES NUR AGEHA!
DU BIST JA IMMER NOCH EIN ZWERG!
ARGH... DAS GELÄSTER SCHON AM FRÜHEN MORGEN!
KICHER
KICHER
DU WEISST ABER SCHON, DASS DU GEKIDNAPPT WIRST...
... WENN DU IN SO EINEM SÜSSEN MANTEL HERUMTRIPPELST!?

OB DAS HAUS-HALTSBUD-GET KNAPP WIRD?
MURMEL
MURMEL
BÖSE WORTE ÜBER KI-YOI WILL ICH NICHT HÖREN!
DAS WAREN DOCH GAR KEINE BÖSEN WORTE...
DU HAST WIRKLICH EINEN NARREN AN KIYOI-SAN GEFRESSEN, WAS?
...
NA JA... ER IST JA WIE EIN VATER FÜR MICH.
ER RE-AGIERT WIE EIN KLEINES MÄDCHEN...
DA FÄLLT MIR NIX MEHR EIN!
AGEHA WURDE NÄMLICH ALS KIND VON KI-YOI-SAN ADOP-TIERT...
JEDENFALLS...
... BIN ICH AUF KIYOIS SEITE!!
... UND SIE LEBTEN LANGE ZU ZWEIT ZUSAM-MEN WIE EINE FAMILIE.

!
PATAMM
ES LIEGT EIN...
... FÖRMLICHER AUFTRAG VOM MISTER VOR.
ER IST JA SCHON IRGENDWIE...
... EIN SKLAVENTREIBER.

NA JA, SIE WAR IM SONDERANGEBOT.
DOCH ICH DENKE, DIE GRÖSSE KÖNNTE PASSEN!
MAL SEHEN, WIE SIE AN DIR AUSSIEHT...
...
KIYOI ...
ICH WERDE SIE IN EHREN HALTEN!
DANKE!
DIE STEHT MIR TOTAL GUT, ODER?
OB ICH AUCH WAS KRIEGE?
VOLL MÄDCHENHAFT, DIE FARBE!
MACH MICH NICHT DUMM VON DER SEITE AN!
SAG DU AUCH MAL WAS, MAKOTO!
ICH SAGE: WIR KOMMEN ZU SPÄT!
NOCH WAS...
MAKOTO-KUN, AGEHA UND MASAKAZU...
... WENN MÖGLICH, KOMMT BITTE HEUTE SOFORT AUF DIREKTEM WEG NACH HAUSE!

DER HIER IST AGE-HA SETO.
ICH BIN NOCH BEIM ESSEN!
ER GEHT WIE ICH NOCH ZUR HIGH-SCHOOL.
UND DER HIER IST MASAKAZU-SAN.
WENN DU ZUR UNI GEHST, KANNST DU SIE DOCH GANZ LESEN!
JA, ICH GEHE HEUTE NACHMITTAG HIN. ♪
ER IST STU-DENT, ZUMIN-DEST EINGE-SCHRIE-BEN.
AH...
WARTCT MAL KURZ, IHR ZWEI!
IHR HABT...
... DOCH NEULICH SO GEFRO-REN.
DIE JACKE HIER IST EIN SON-DERBONUS VON MIR.
ICH HABE SIE ZWAR NICHT ALS SOLCHEN GEKAUFT, ABER...

... DASS WIR NICHTMENSCHEN SIND, DIE MAN GEMEINHIN „VAMPIRE" NENNT.
OBWOHL ICH GENAU WEISS, DASS ES NUR TOMATENSAFT IST, HABE ICH DAS GLEICHE SÄTTIGENDE GEFÜHL WIE BEI BLUT.
STIMMT WAS NICHT MIT MEINEM GESCHMACKSSINN?
SCHON VOM AUSSEHEN HER...
... UND AUCH DER GESCHMACK ERINNERT MICH AN EISEN UND SALZ!
WENN MAN SICH MIT DEM ESSEN ZURÜCKHÄLT, HAUT MAN IRGENDWANN UMSO MEHR REIN.
ISS EINFACH ETWAS LEBER!
IST ZWAR NICHT DAS WAHRE, ABER...
GENAU, MAKOTO!
ISS LEBER, BEVOR DU ANFÄNGST, BEIM SPORT DIE RECKSTANGE ABZULECKEN.
WUPP
SPINNST DU?!
SO WAS WÜRDE ICH NIE MACHEN!
UWAH!
WIR MÜSSEN LOS, SONST KOMMEN WIR ZU SPÄT!
BEEIL DICH, AGEHA!
HÄ?

... KIYOI-SAN, DEN HAUSMEISTER HIER...
ER WILL EUCH EINEN SONDERBONUS AUS EIGENER TASCHE ZAHLEN!
ICH ÜBERWEISE ES AUF EURE KONTEN.
YESSS!!
DANN KANN ICH MIR DIESES GAME KAUFEN!
ER KÜMMERT SICH SCHON SEIT GUT HUNDERT JAHREN UM DIESES HAUS UND HAT SICH KEIN BISSCHEN VERÄNDERT.
ER BEKOMMT VOM MISTER FÄLLE ZUGETEILT, DIE DIE POLIZEI LIEBER NICHT ÜBERNEHMEN WILL, MIT DER BITTE UM BEARBEITUNG.
VON DEM HONORAR FÜR SOLCHE LEISTUNGEN KANN ER DIESES HAUS UNTERHALTEN.
WIR, DIE DIESE GEFÄHRLICHE ARBEIT AUF UNS NEHMEN...
... TEILEN EIN GEHEIMNIS.
...
KOMISCH...!
UND DAS IST...

ES IST JA NICHT SO...
... DASS WIR HIER IM GECCHO-KAN...
... GERECHTIG-KEITSFANATIKER WÄREN!
WIR TUN DAS ALLES NUR...
... UM ZU ÜBERLEBEN.
ZUM BEI-SPIEL...
... DER STECK-BRIEFLICH GESUCHTE TYP GESTERN ABEND...
FLAPP
ICH HEISSE MAKOTO NOGAMI UND BIN VOR ETWA EINEM HALBEN JAHR VON DEN BEWOHNERN DES GECCHOKAN AUFGE-LESEN WORDEN...
MAKOTO, HAST DU SCHON DIE ZEITUNG GELESEN?
UND DANN GIBT ES DA NOCH...
... UND ICH BIN ERST ZARTE 16 JAHRE JUNG.
LIES DU SIE ZUERST!
WEGEN DES FALLS HAT DOCH HEUTE MORGEN DER MISTER AN-GERUFEN UND SICH BEDANKT!

EPISODE 1
BONK
MAN NENNT UNS...
... DIE BISHONEN-DETEKTIVE!
KOMM SCHON, LASS DIESE PEINLICHE POSE!
Rh+
RHESUS POSITIV

HF
HFF
HFF
HA... HA, HA, HA!
DIE BULLEN SIND ECHT KEINE BEDROHUNG!
DU FÜHLST DICH WOHL UNBEOBACHTET...
... WAS?
SELBST WENN WIR BEIDE AUGEN ZUDRÜCKEN... GLAUB MAL NICHT, DASS DIE GESELLSCHAFT...
... DEINE STRAFTAT WIDERSPRUCHSLOS HINNEHMEN WIRD!
WA...?!
WER SEID IHR KERLE?!
ACH...
UNSERE NAMEN TUN WIRKLICH NICHTS ZUR SACHE...

INHALT

Rh+
RHESUS POSITIV